筑紫の磐井

太郎良盛幸
Taroura Moriyuki

新泉社

筑紫の磐井　目次

三　磐井の大和留学　121

装幀　勝木雄二

筑紫一族系図

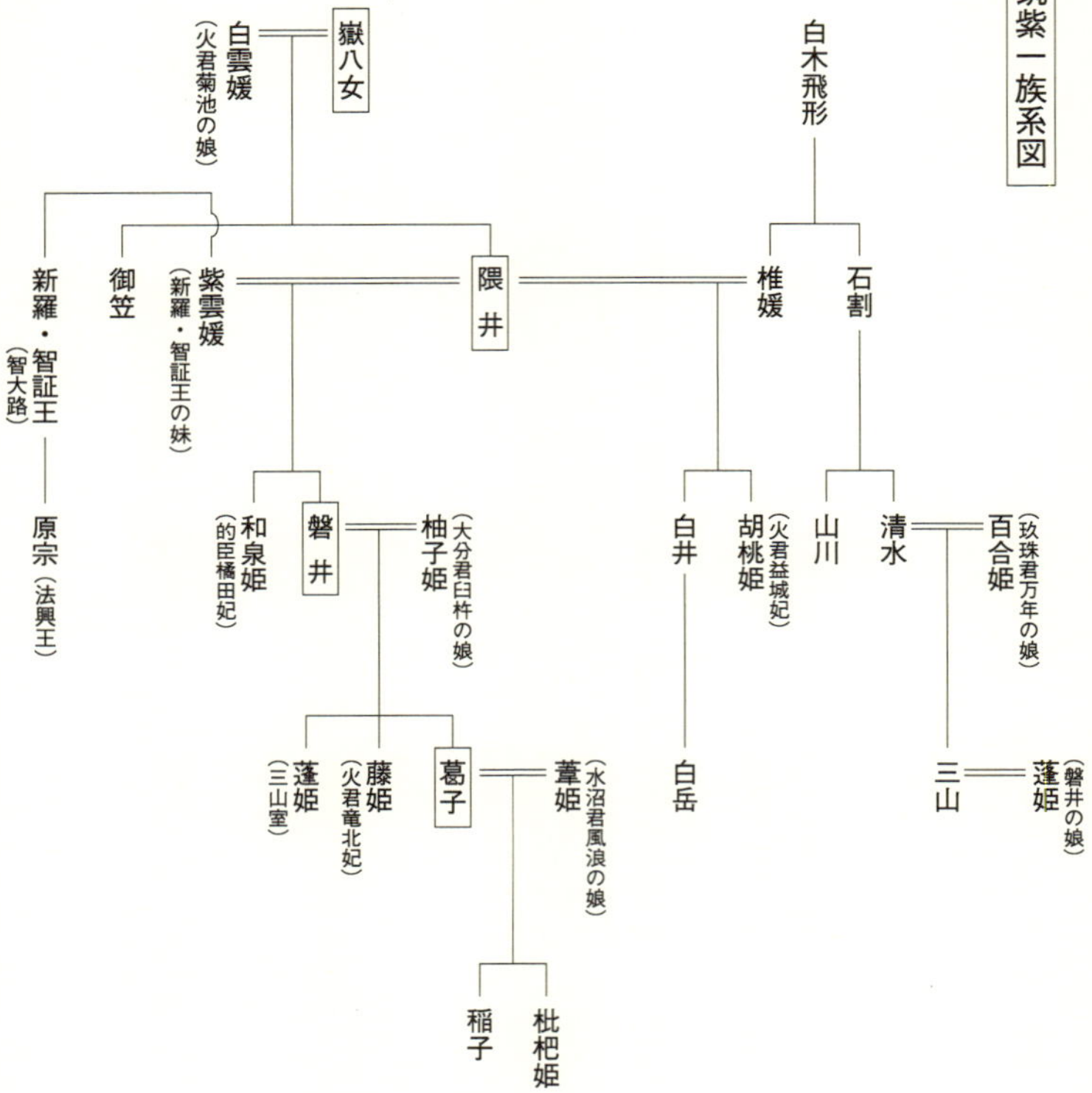

白木飛形
石割
椎媛
山川
清水
百合姫（玖珠君万年の娘）
三山
蓬姫（磐井の娘）
白井
胡桃姫（火君益城妃）
白岳
嶽八女
白雲媛（火君菊池の娘）
隈井
紫雲媛（新羅・智証王の妹）
御笠
新羅・智証王（智大路）
原宗（法興王）
和泉姫（的臣橘田妃）
磐井
柚子姫（大分君臼杵の娘）
蓬姫（三山室）
藤姫（火君竜北妃）
葛子
葦姫（水沼君風浪の娘）
稲子
枇杷姫

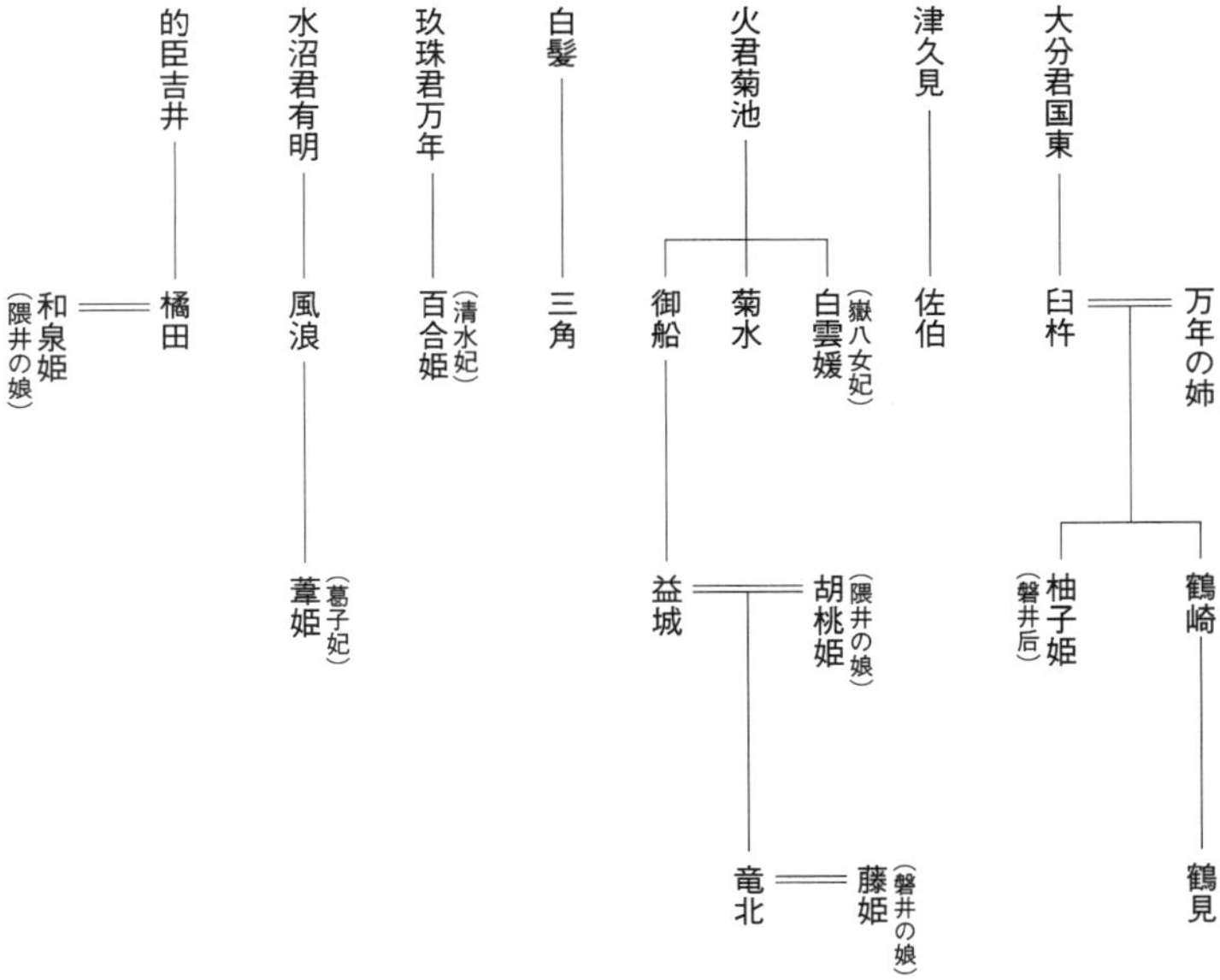

大分君国東
臼杵
万年の姉
鶴崎
柚子姫（磐井后）
鶴見
津久見
佐伯
火君菊池
白雲媛（嶽八女妃）
菊水
御船
益城
胡桃姫（隈井の娘）
竜北
藤姫（磐井の娘）
白髪
三角
玖珠君万年
百合姫（清水妃）
水沼君有明
風浪
葦姫（葛子妃）
的臣吉井
橘田
和泉姫（隈井の娘）

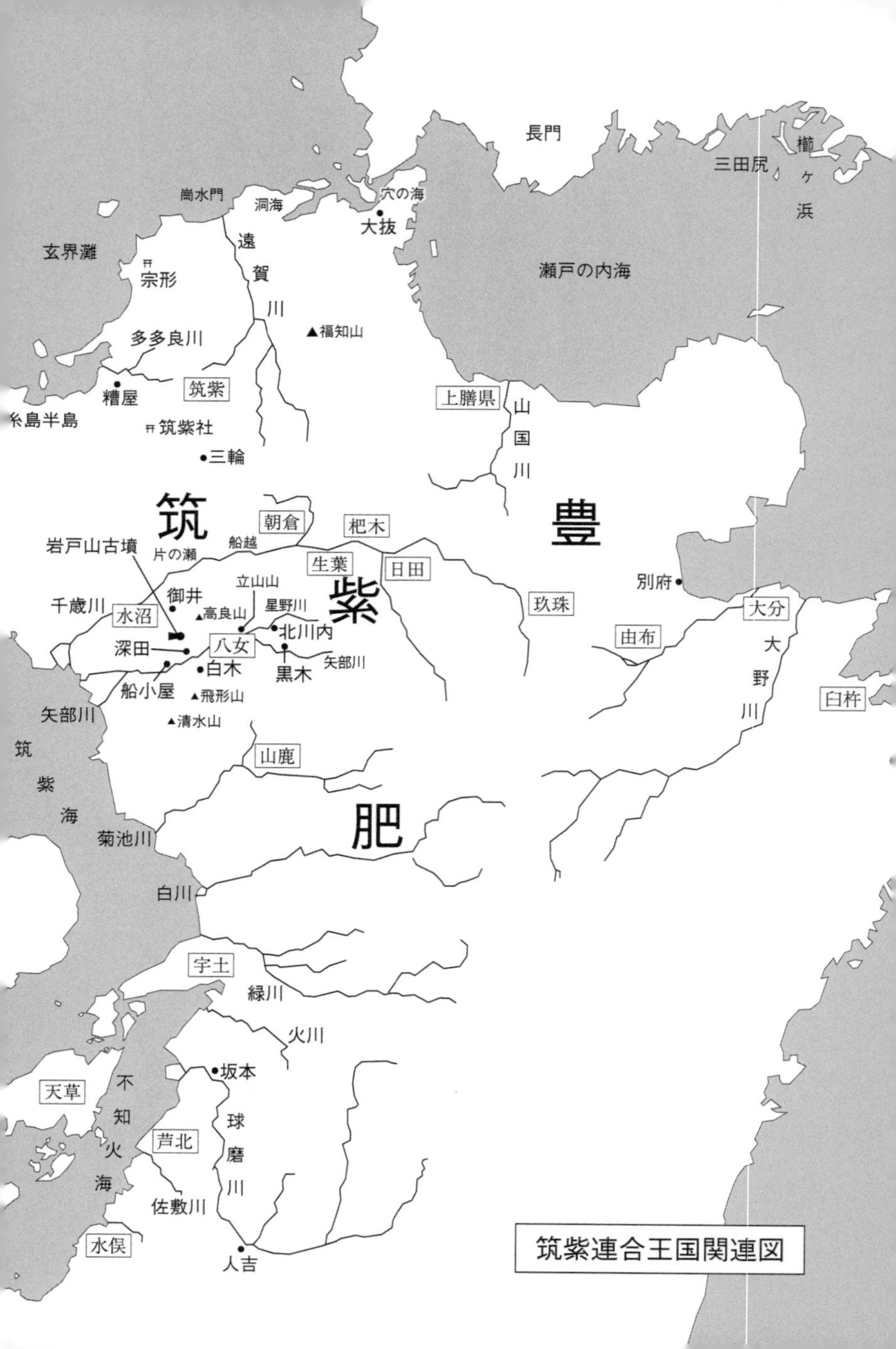
長門
三田尻
櫛ヶ浜
崗水門
洞海
穴の海
大抜
遠賀川
玄界灘
宗形
瀬戸の内海
福知山
多多良川
筑紫
上膳県
糟屋
山国川
糸島半島
筑紫社
三輪
筑
豊
朝倉
杷木
岩戸山古墳
船越
片の瀬
生葉
日田
立山山
別府
紫
御井
千歳川
星野川
玖珠
水沼
高良山
大分
北川内
由布
深田
八女
大野川
黒木
矢部川
白木
船小屋
飛形山
臼杵
矢部川
清水山
筑紫海
山鹿
肥
菊池川
白川
宇土
緑川
火川
坂本
天草
不知火海
球磨川
芦北
佐敷川
水俣
人吉
筑紫連合王国関連図

一　筑紫君一族

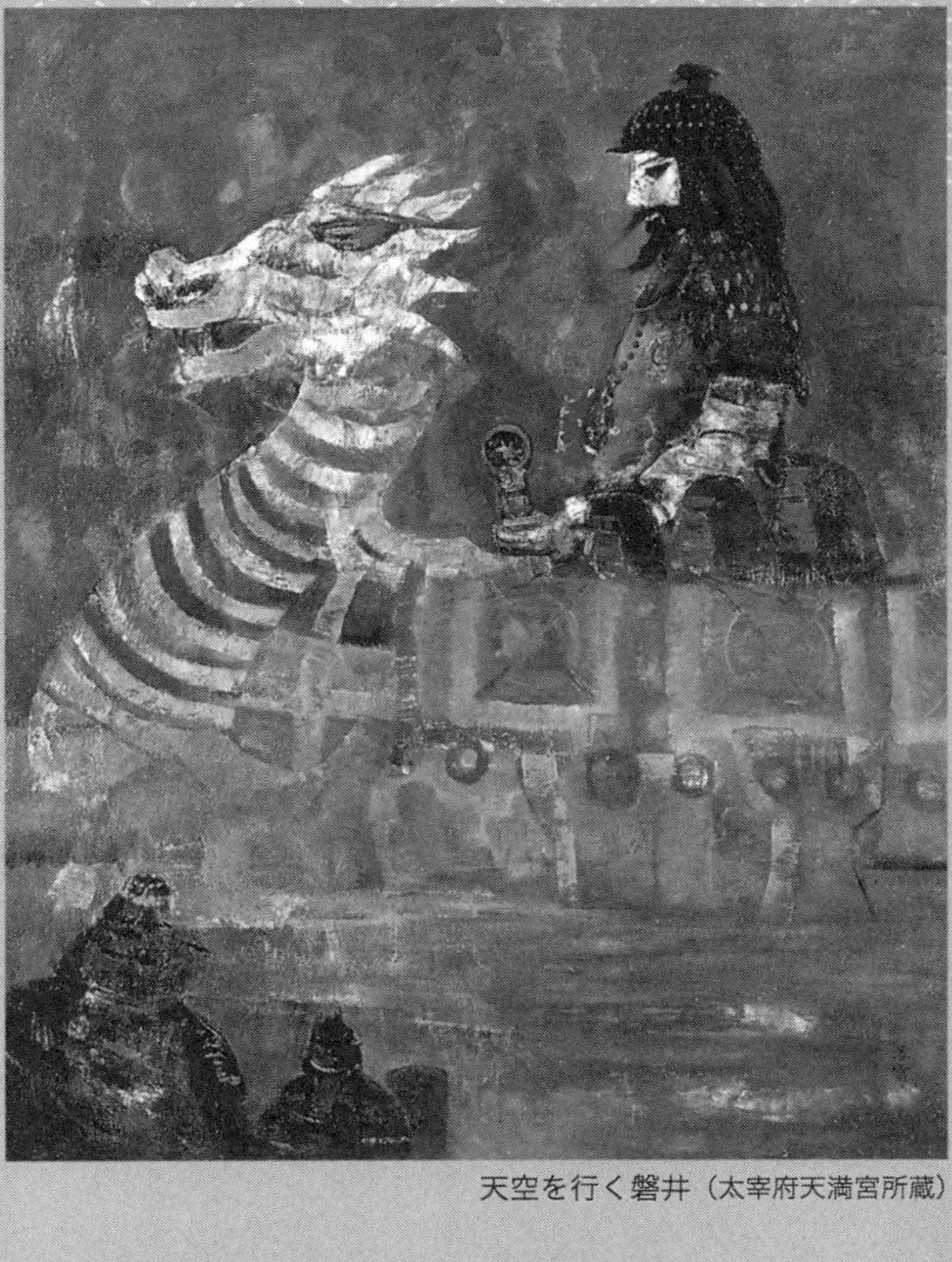

天空を行く磐井（太宰府天満宮所蔵）

秋の嵐

ゴウゴウと風が鳴り、稲妻《いなずま》が閃き、バラバラと雨が大地をたたいていた。数時間で九月となるこの夜、筑紫君嶽八女《つくしのきみたけやめ》は眠れない夜を過ごしていた。

「秋の嵐」とよばれる暴風雨のせいではなかった。

古くは「野分《のわけ》」、現代では「台風」と呼ばれているこの嵐は、この時期、八女地方では、「栗落としの嵐《かぜ》」とも「稲実りの嵐」ともいわれていた。周囲を山で囲まれたこの地は、他の地方に比べると嵐の被害は比較的小さく、嶽八女はこの嵐を恐れてはいなかった。この風に伴う雨により、田が潤うことから、恐れるというよりありがたいと考えていた。

たしかに、風雨の音はすさまじかったが、眠れないのはそれが原因ではなかった。心配事と楽しみなことがあり、年齢に似合わず興奮して眠れなかったのである。

この日、息子隈井《くまい》に二番目の子供が生まれようとしていたのである。隈井は、吉備王国《きびおうこく》に出かけていた。吉備王国より、昨年友好訪問があった返礼のためであった。

嵐の中で、嶽八女は隈井誕生の日のことを思い出していた。

「何年前になるかなあ。あの日も栗落としの嵐が吹いて眠れない夜だった」

隈井誕生の前日もやはり秋の嵐が吹いていた。

その日は肥国《ひのくに》からの便りが遅いので、嵐の風雨の音と妻白雲媛《はくうんひめ》のことが気になって眠れなかったのである。

❖

火君菊池《ひのきみきくち》の娘白雲媛は、お産のために菊池川中流域にある山鹿郷《やまがのさと》に里帰りしていた。

この秋の嵐が去った翌日の朝十時頃、火君菊池から遣わされた三頭の早馬が着いた。遣いの一人が、

「嶽八女君おめでとうございます。和子様が誕生になりました。媛ともどもお健やかでございます」

と息子の誕生を知らせた。

嶽八女は早速、もっとも信頼する部下である白木飛形《しらきとびかた》ら三十人とともに肥国に向かった。

八女郷深田《やめのさとふかだ》の館より肥国各地には、騎馬が通れる道路が整備されていた。嶽八女は山鹿郷までは何度も往来しており、それはかつて知ったる道であった。一行が持参したのは、神に供える猪三頭、米三俵、栗一俵、有明海の魚の干物などであった。これらの産物は、早くから飛形の手によって準備されていた。

一行は、日暮れ前に肥国に着くように道中を急いだ。土産が多く、また猪は生きたまま運んだため、急ぐといっても限度があり、結局、山鹿郷に着いたときには陽が落ち暗くなっていた。

嶽八女は、館に着くと、早速火君菊池のところに挨拶に伺候し、口上を述べた。

「父上、和子誕生の遣い、ありがとうございました。土産を少々お持ちいたしました」

菊池は手で遮りながら、

「遠路早かったではないか、挨拶は早々に、速く母子に会ってまいれ、二人とも元気だ」

と声をかけ、

「すぐに案内いたせ」

と妻不知火媛《しらぬいひめ》に命じた。

菊池は、気配りのきいた人物で、伴の者に声をかけることも忘れなかった。

「飛形、疲れたであろう。そちたちは別の部屋で休んでおれ」

と言い、目で部下に案内するように命じた。

不知火媛の案内で嶽八女は白雲媛の産所に向かった。産所には、菊池の部屋より四部屋ほど先にあたる部屋があてられていた。気がせいているためか、案内が妙に遅く感じられた。廊下から見える庭の柿の葉がゆれているようであったが、よく目に入らなかった。

産所につくと、白雲媛は横になったまま、安堵した表情で嶽八女を見た。

嶽八女は白雲媛のそばにより、

「白雲、疲れたであろう。ゆっくり休め。和子の名前は前々から二人で話し合っていたように隈井にしよう」

と妻の手を握りながら声をかけ、息子の顔をしげしげと見つめた。愛らしく元気な赤ん坊であった。

隈井の名は、白雲媛が育ったこの地方の別名である「隈《くま》」と、当時生活には欠かせない水源・井戸などの意味で使われていた「井」をとったものであった。この命名には、農作物の豊作と筑紫《つくし》・肥《ひ》両国の繁栄を願う二人の気持ちがこめられていたのである。

紫雲媛

二十八歳になる隈井《くまい》は、昨年まで六年間新羅《しらぎ》に留学していた。

この時期、筑紫《つくし》・肥《ひ》・豊国《とよのくに》などの北部九州の豪族は、個々には独立した国であったが、筑紫君を盟主として緩やかな連合王国を形成していた。そして、各豪族は、周辺諸国との友好と先進文化を求めて、後継者と目される男子を大和王権《やまとおうけん》や新羅・百済《くだら》等に留学させていた。

嶽八女《たけやめ》は、若い頃、大和王権軍に加わり部下を率いて、新羅に侵攻した経験があった。何度かの遠征により、新羅の強さと先進性を知った嶽八女は、戦いの無意味さを悟り、逆に息子を留学させたのであった。

この時代、大和王権は筑紫を従属する支配地域と見なしていたが、筑紫連合王国は大和王権とは一線を画し、つかず離れずの状態にあった。連合王国にとっては、大和・新羅・百済が対立を強めず伽《か》耶《や》諸国が安定していることが、もっとも好ましいことであった。

当時、筑紫の豪族は、半島・大和から双方の物資を手にすることができ、経済的にも潤っていたからである。隈井の留学生仲間には、水沼君《みぬまのきみ》の息子有明《ありあけ》、大分君国東《おおきたのきみくにさき》の子臼杵《うすき》、白木飛形の息子白木石割《いしわり》などがいた。

新羅は当時、訥祇王《とつぎおう》の治政下にあった。しかし、訥祇王は高齢だったため、政務はもっぱら慈悲皇《じひおう》子《じ》に任せていた。

新羅は周辺諸国からの留学生を積極的に受け入れ、周辺諸国を担う若手人材を育成し、諸国への影響力を強めようとする国策をとっていた。

隈井は、最初の二年間、行政部門の徴租部に配属された。租の徴収業務は下級役人が行った。しかし徴租部の中でも租の決定は中級役人の仕事で、隈井は各地方を回り、租税額を決定する仕事を手伝った。この仕事で隈井は大きな成果をあげた。

筑紫君一族は、永年、農民に対して田拓き・水利・稲作技術などを指導しながら勢力を拡大していた。租の決定も適切に行われ、支配下にある農民には絶大な信頼があった。日常的に業務を監督していた隈井には、新羅の役人以上に稲の収量を見る目はあった。一緒に勤めている役人は、隈井の「快活で、公平な」人柄を気に入り、隈井の助言の適切さ、租の決定の迅速さを上司に報告していた。そのため、その仕事ぶりは慈悲皇子の耳にも入っていた。

次の二年間は軍事部門、最後の二年間は司法の部門に配属された。留学生たちが司法の部門に配属されることはなかったので、隈井は特別の扱いであった。

宮殿は王の館と執務を行う館とに分かれていたが、執務をする宮殿が充実していた。また、慈悲皇子は、月一回程度、伽耶諸国・筑紫等からの留学生を囲んで晩餐会を催していた。慈悲皇子は、晩餐会を通じて情勢把握に努めながら、王子や側近を教育することに腐心していた。

隈井は、この会を楽しみにしていた。

最初の晩餐会の折、隈井は、皇子より「隈井、たくさんの土産ありがたくちょうだいした。嶽八女様の領地は広がる一方のようであるな」と声をかけられ驚いた。隈井は土産と領地の拡大とどう結びついたのか、すぐには理解できなかった。

三回目の晩餐会の折、皇子の息子炤知《しょうち》や炤知の従弟《いとこ》智大路《ちだいろ》より「筑紫国は領地も広がっているようだ。土産の中に今までなかった大量の栗と菱《ひし》などの珍味、新しい海産物等が加わっている」と皇子が側近に話していたということを聞かされた。新しい土産により、領地が広がっていると判断した皇子の鋭さに隈井は感服した。

智大路は、後に智証王《ちしょうおう》となる人物である。隈井と智大路とは二回目の晩餐会で話したのが最初であったが気が合った。

晩餐会では、慈悲皇子の話を聞くのが特に勉強になった。話の特徴は、朝鮮半島の高句麗《こうくり》・百済・伽耶諸国・中国等々の情勢、王としての心構えにあった。

三年目を迎えて、軍事部門に配属され、宮殿での勤めが中心になった頃の晩餐会の折、珍しく酒に酔っていた皇子は、隈井にたいして驚くようなことを言った。

「隈井、一族の娘たちに会わせる。気に入った娘を娶《めと》れ」

隈井は、

「とんでもありません。私には妻子がございます」

とあわてて言葉を返した。

しかし、皇子は、

「知っておるぞ。石割の姉椎媛《しいひめ》と胡桃姫《くるみひめ》のことであろう。それでもいいではないか。考えておけ」

と続けた。

この話は以降、何度かの晩餐会の折にも話題になることはなかった。

軍事部門でも、隈井は中級の司令官とともに執務をした。三百人ほどの部隊の兵士の訓練であった。訓練は筑紫とは少しやり方が違っていたが、弓や剣の扱いの訓練は筑紫でも行っており、成果はみるみる上がった。

このことも、訥祇王《とつぎおう》の崩御に伴い新しく王位を継いだ慈悲王《じひおう》に報告されていた。

この年の初冬、百済に高句麗軍が進入し、百済が救援を依頼してきた。

慈悲王は、五千人の部隊を急派し、智大路《ちだいろ》とともに隈井らも参戦させた。留学生は参加させないのが普通であるが、王は訓練の成果を実戦で試したかったのである。

戦いは数日間で終わり、高句麗軍は撤退した。

救援部隊は、ほぼ互角の軍勢と対峙したが、なんなく勝利を収めた。新羅軍の装備の良さと、隈井が弓部隊の戦い方の工夫をしたことと、指揮系統のしっかりした兵たちの素早い動きによるものであった。

隈井は戦いが始まると、相手の弓部隊の矢を先に使わせる作戦をとった。前もって矢を防ぐ作戦を立てていた隈井は、最初は弓部隊を使わず、徒歩《かち》部隊・騎馬部隊に矢を防がせた。

「敵の矢はとどかないぞ。弱いぞ。安心して防げ」

隈井は叫んだ。

矢を防ぐ訓練で、盾の使い方と、敵との距離の取り方が徹底されていたため、損害はほとんどなかった。相手の弓部隊の攻撃が峠を越えたと見た隈井は、

「いまだあ。弓部隊前へ」

と号令をかけ、一斉に敵に近づかせ、攻撃した。相手の弓部隊は、総崩れとなり、騎馬部隊や徒歩部隊に矢が注がれ、敵がひるんだ。隈井は、その機を逃さず騎馬部隊を突入させ徒歩部隊を続かせた。さらに、弓部隊にも、剣を持たせて攻撃させるという芸当をやってのけた。

相手のくずれが速かったため、隈井の部隊には死者は出ず、負傷者が十数人ですんだ。

凱旋してから数日後、突然隈井は石割とともに、夕餉《ゆうげ》をとらずに宮殿に来るようにという王からの連絡を受けた。

「何事だろう」と二人は、留学生専用の館に帰り、正装をして宮殿に出向いた。宮殿に通じる空濠の橋を渡って石段を数段上がると、宮殿に通じる門に着いた。数棟ある宮殿のうち、案内されたのは、王族が暮らす宮殿だった。その一室に、膳が二十人分ほど用意され、炤知《しょうち》王子、智大路《ちだいろ》ら一族が集まっていた。

驚いている二人に、王は立ってきて、

「先頃の出兵はご苦労であった。すまないことをした。二人を家族同様に考えての派兵であった。許せ」

と言った。続いて、

「二人とも智大路の横に座れ」

と命じ、自らは王子とともに中央に座った。王の横には王の后が座り、両側に炤知王子と側近でもある王の弟たちが座った。

王は、

「始めるぞ。酒を持て」

と命じた。

女たちが一斉に入ってきた。酒がつがれ終わると、王が、

「今日は家族だけの宴である。隈井も石割も家族になるかもしれない者たちだ。遠慮はいらぬ」

と言って飲み始めた。

招かれた二人は何がなんだかわからなかった。

「隈井、紫雲媛《しうんひめ》を紹介しよう。紫雲こちらに参れ」

と王が言うと、給仕をしていた女の一人が、王のそばに来た。女は大柄で均整のとれた身体をしており、顔つきはやや面長で美しかった。隈井には、女の丸い瞳がきらきらと輝いているのが眩しく感じ

られた。

とまどっている隈井に対して、王は説明した。

「半年前に話したであろう。帰って姫たちに話したところ、智大路の妹、紫雲が関心を示した。智大路からおまえのことはよく聞いていたようだ。それだけではないぞ。媛を隈井に訓練させている部隊にこっそり兵士として参加させておったぞ」

そして紫雲媛に向かって、

「紫雲も申すことがあろう」

と言った。

紫雲媛は、

「王や智大路の話だけでは判断できませんから、私から部隊の訓練に参加させていただくよう王に頼みました」

と言いさらに、

「先頃の戦いでは隈井様の部隊に兵士として参加いたしました」

と驚くべきことをつけ加えた。

隈井は困って、石割の目を見ながら杯を口に運んだ。水を飲んでいるようであった。

王は上機嫌で杯を傾けながら言った。

「嶽八女様の了解はとってある。数日前に返事が来た。あとは隈井しだいだ。気に入らなければなかったことにしよう。まだ三年ある。ゆっくり考えろ」

さらに石割に向かって、

「石割が反対ならば、なかったことにしよう」

と言った。

宴の数日後、隈井は石割と相談し、嶽八女のもとに事の一切を知らせ、返事を待った。半年後、返事は来た。いたって簡単なもので「慈悲王は、賢い方である。反対はしない。媛を気に入ったら、筑紫一族と家族のことも考え、石割と相談の上判断せよ」との口上であった。

隈井の勤めは四年目に入っていた。

この間にも、王主催の月一回程度の留学生を囲んでの晩餐会は開催されていた。留学生仲間の有明・臼杵等とも友好は深まっていった。

王に招かれた宴の翌月の晩餐会の折、智大路《ちだいろ》から紫雲媛のことを聞かされた。

「王は一族の中では紫雲を一番気に入っています」

「王子や王女様方以上にですか」

「そうです。特に、紫雲の性格が王族に不足がちな気配りができること、ものごとを大局的に考える点など、きわめて王に似ているからでしょう」

「媛が武芸ができることはどうお考えですか」

「そのことも気に入っております。幼い頃より武芸のたしなみがあり、騎馬で戦うのであれば男子以上に強いから当然です。先頃の戦いでも、石割様に次ぐ働きをしたのは紫雲だったでしょう」

「勝ち気のようでもありますが」

「はい、そういうところもあります。紫雲は、納得しなければ王の命でも従わない性格も持っています。そして、隈井様を非常に気に入っています」

その後、隈井は紫雲媛のことが気にはなっていたが、勤めに励むことで、このことから逃げていた。妻椎媛と娘の胡桃姫のことを考えるとどうしてもその気になれなかったのである。

五年目に入ると勤務は司法部門となり、王宮内への出仕が続いた。主に、国内での争いごとの整理であったが、このことは隈井には貴重な体験となった。

四月のある日、勤務が終わり帰宅しようとしていると、一人の女官がやってきた。そして、

「紫雲媛様の侍女でございます。媛様が夕食をご一緒にということです。館へ案内いたします」

と媛の口上を伝えた。

紫雲媛は、隈井の部隊に兵士として参加した頃から、隈井の快活で明朗な人柄や強い指導力などに惹かれ、日に日に隈井への思慕の気持ちが強くなっていった。しかし、隈井、石割を囲んだ家族による晩餐会以降、隈井からは何の連絡もなかった。思いつめた媛は、王や父とも相談して、今日の行動に出たのである。

隈井は一瞬迷ったが、即座に、

「よろしく頼む」

と答えた。そして侍女に案内されるままに部屋へ向かった。

部屋には隈井が来ることを確信していたかのように、紫雲媛が一人待っており、きちんと座って挨拶をしたあと、

「今日は筑紫国の話を聞かせてください」

と言った。

隈井がどう答えていいかわからずにいると、媛は、

「食事にいたしましょう」

と言い、侍女に夕餉の準備を命じた。

部屋からは、広大な新羅の大地が見えた。今まで気づかなかったが、筑紫の景色と違って紅色が混じっていることに気づいた。夕暮れが近づいてはいたが、紅・黄・緑の混じりあった景色が妙に美しく感じられた。筑紫の風景は菜の花の黄色と新緑の緑だけだったので紅が珍しかった。紅の色に押されるように言葉が口をついて、

「あの紅い花は、何と申すか」

と媛に尋ねていた。

媛は、

「紫雲英《しうんえい》と呼ぶ草でございます。新羅ではあの草を植えると、田が肥え、稲の実りが豊かになることから国中で植えることを奨《すす》めているのです」

と答えた。

この草は、マメ科の植物で、後に日本では蓮華草《れんげそう》と呼ばれ、緑肥・飼料作物として広く栽培されるようになる植物である。

「媛の名前に似ているではないか」

と隈井は続いて尋ねていた。

媛は微笑《ほほえ》みながら答えた。

「紫雲英は私が生まれた頃より田に植えることが始まったそうです。この草を植えると豊作になるということで、父はこの国が繁栄するようにと願って私の名前につけたそうです」

「父上は素晴らしい方だな」

と話につり込まれるように隈井は言った。

夕餉が運ばれ、侍女を侍らせての食事になったが、初めてとは考えられないほど会話は弾んだ。隈井は、筑紫にいる妻の椎媛《しいひめ》と話しているような錯覚に襲われていた。

紫雲媛の会話はきわめて要領がよく、隈井の性格を知り尽しているように対応した。隈井は、

「紫雲媛の話は面白いの」

という始末であった。

そばにいた侍女が、

「媛様は、毎日のように隈井様のことを智大路様や役人様方より聞いておられます」

と説明した。

媛よりの誘いは月一回程度の間隔で続いた。隈井は、椎媛に悪いと思いながらも楽しみになっていった。石割・臼杵・有明ら筑紫の留学生すべてと炤知王子・智大路たちも含めた若者だけの小晩餐会になることもあった。その後の慈悲王主催の晩餐会で、王より「若い者だけの晩餐会はどうであったか」と尋ねられたことがあったから、王もこのことは承知しているようであった。

六年目の任期最後の年になっても二人の交際は続いていた。

磐井の誕生

任期が残り半年になったある日、隈井《くまい》は石割《いしわり》に、

「紫雲媛《しうんひめ》を気に入っているが、妻子のことを考えると決断がつかない」

と胸の内を話した。

石割は笑って、

「隈井らしくもない。嶽八女《たけやめ》様に使いを送ったときから決まっていたことではないか。媛は素晴らしい方だ、姉ともども隈井を助けるであろう。媛のことだけ考えて判断するがよい。気に入ったらそれでよいではないか。姉もわかってくれるであろう。俺は賛成だ」

と言った。そして、

「有明《ありあけ》や臼杵《うすき》たちも筑紫のためにもよいことだと喜んでいる」

と続けた。

十月に入り、媛との結婚を決心した隈井は、媛のもとを訪れて決意を告げた。

「待たせた。筑紫まで一緒に来てくれるか」

「うれしく思います。筑紫のことをもっと教えてください」

その足で、王と紫雲の父にも伝えた。

王はすこぶる機嫌よく、

「ありがたい。嶽八女様に早速お知らせせねばなるまい。そちも口上を伝えよ」

と言ってくれた。

その日、隈井は媛と二人で夕餉《ゆうげ》をとり、夕餉が終わり侍女が席を外すと、媛は、

「今夜は、私と一緒にいてください」

と頼んだ。

隈井は、返事の代わりに、媛のそばにより肩に手をまわし媛を抱いた。媛は、隈井が泊まってくれると信じていたらしく、隣室には寝所を準備していた。二人は、寝所に入った。

媛は、緊張しているのか、寝所に入ると黙って座っていた。隈井がそばによると、

「嬉しゅうございます」

と言ったきり、また黙ってしまった。隈井は、媛を引き寄せ唇をつけた。衣服を脱ぎ、二人で並んで

横になると、隈井には媛が緊張している様子がわかった。隈井は、肩を抱いたまま「少し筑紫の話をしよう」と言って話しはじめた。

「筑紫の秋は、新羅《しらぎ》同様に美しい。紅葉が見事である。また稲だけではなく、果物や木の実が一斉に収穫の時期を迎えるので忙しくもある」

そのうち、媛も「どんな果物がありますか」などと少しずつ口を開きはじめた。

隈井は、媛の乳房や腰などを愛撫しながら話を続けた。

しばらくして、隈井が媛の身体から離れると、媛は隈井の胸に顔を埋めてきた。気丈夫な媛であるが、涙が胸につたわり、泣いているのが隈井にもわかった。いつの間にか、二人はまた話しはじめた。話は、夜更けまで続いた。

帰国が三カ月後に迫った日に、二人の結婚を知らせる筑紫への使いが、「承知」の返事をもって帰ってきた。

一月の吉日、王族・側近・留学生仲間などを招いて仮の祝が催された。

隈井は、任期が終わり四月の海の穏やかな日を選んで帰国した。往路は石割ら十数名、土産船まで含めても船五隻での旅であったが、復路は紫雲媛らの一行百人あまりと大量の媛の持参品を加えて二十隻での船旅となった。

船団は、媛の妊娠が明らかになっていることもあり、船旅を短くするため、筑紫海《つくしうみ》へは向かわず、糟屋《かすや》の港へ向かった。筑紫海は、現在では有明海《ありあけかい》と呼ばれている。

糟屋の大地に降り立った一行は、途中筑紫社《つくしのやしろ》に参拝し、八女郷深田《やめのさとふかだ》の館に帰った。

❖

四六〇年九月一日、秋の嵐は、いったん弱まっていたが、また別の方角より強い風雨が続いて吹いてきた。いわゆる吹き返しの風である。

吉備王国《きびおうこく》からは、隈井《くまい》が帰国を急いでいるはずではあったがまだ帰国していなかった。

嶽八女《たけやめ》は、

「方角が変わった。まもなく風雨もおさまるだろう」

とつぶやきながら夜明けを待った。

風が弱まり、夜が白みだした頃、風にのってかすかに赤ん坊の産声が聞こえたような気がした。嶽八女の館と紫雲媛《しうんひめ》の寝所のある館とはかなり離れていて、風雨の音もしており、とても聞こえようとは思えなかった。

「気のせいかな」と思っていると、また「オギャー、オギャー」と今度ははっきり聞いた。

「ここまで聞こえるとは元気な赤ん坊のようだ」

一人、嶽八女はつぶやいていた。

誕生の知らせがこないので、嶽八女は外に出て嵐の被害を見てまわった。秋の嵐を恐れてはいなかったが、多少の被害はつきものであったから、程度を見ようと思ったのである。

ほどなく、嶽八女は、ほぼ同時に二つの知らせを聞くことになった。一つは紫雲媛の男子出産、もう一つは隈井からの帰国報告であった。

男子出産の知らせは、妻白雲《はくうん》の侍女からであった。

侍女は、

「嶽八女様、和子様ご誕生です。母子ともに健やかでございます」

と告げた。

すぐにでも行って、孫の顔を見たかったが、隈井が帰国していないことを考えて控えて、

「ご苦労。紫雲にゆっくり休むように伝えよ」

と答えるにとどめた。

侍女が席を外すと、入れ替わりに騎馬で帰国した隈井と伴の者四人が嶽八女に挨拶に来た。

隈井の一行約百人は昨日、筑紫郷《つくしのさと》に入り、宿泊していた。筑紫君一族は、筑紫神社の祭祀も司《つかさど》っており、旅に出る時と帰路には筑紫社に参拝するのが習わしになっていたからである。

今朝、嵐が収まるのを待って、五人だけが荷のない馬で帰国した模様であった。

「吉備王国へのお礼をすませて、今帰りました。吉備上道臣田狭《きびのかみつみちのおみたさ》様からくれぐれもよろしくとのことです。石割《いしわり》らは、荷駄とともに後れて帰国します」

と隈井は報告した。

嶽八女はねぎらいの言葉をかけた。

「遠路ご苦労であった。報告はあとでゆっくり聞くことにしよう。今、和子誕生の知らせがあったば

かりだ。速く媛のもとへ行ってやれ」

早々に隈井は、妻の産所に向かった。

この頃、お産は実家に帰って行うのが普通であったが、紫雲媛の場合は実家が新羅《しらぎ》であったため、帰国というわけにはいかずに深田《ふかだ》の館でお産をしたのである。

産所には、白雲《はくうん》后、椎媛《しいひめ》、紫雲媛の侍女たちなど十名ほどが詰めていた。

隈井は、産所にはいると、

「后様をはじめ皆にはご苦労をかけた。礼を申すぞ」

と声をかけ、紫雲媛のそばに座った。

媛の手を握りながら、

「頑張ったな。帰国が遅れて心配かけた。どれ和子の顔を見せてくれ」

と言って媛の顔を見た。

気丈夫な紫雲媛ではあったが、安心したためか、目に涙を浮かべてうなずいた。

赤ん坊は、目もとがしっかりしており、顔つきは嶽八女に似ているようでもあり、新羅の父に似ているようでもあった。手は、しっかりと拳をつくり握りしめていた。足をそっと握ってみると強く手を蹴った。蹴った力が非常に強かったので隈井は驚くとともに嬉しくなった。今年八歳になる胡桃姫《くるみひめ》誕生の時同様に嬉しくてたまらなかった。

「元気な和子だ。新羅の父上、嶽八女様双方に似ている気がする」

と紫雲媛に言った。

　紫雲媛は安堵したのか、にっこり微笑んだ。

「名前も考えねばならぬ。新羅にも知らせねばならぬ」

と自分に言い聞かせるように紫雲媛に言った。

　隈井が気づかないうちに嶽八女も産所を訪れていた。嶽八女は、

「お前たちのことだ、名前は考えておろう。どれ、わしにも和子の顔を見せてくれ」

と言って、赤ん坊を食い入るようにじっと見つめていた。

「よい顔《つら》がまえをしている。きっと優れた人物に成長するであろう」

と予言者のようにつぶやき、紫雲媛に向かって、

「新羅に早く知らせなければならぬ。二人で早く和子の名前を決めよ」

と言った。そして、

「二人の話もあろう。私は席を外す。皆の者も席を外せ」

と命じ産所を出た。

　やがて、赤ん坊を含めて三人になった。

「もうお考えでしょう」

と紫雲媛が言った。

「一応考えてはいるが、紫雲はどうか」

「私や隈井様の名前がそうであるように、民の幸せにつながるような名前がよいと思います。筑紫国は豊かでございます。隈井様や椎媛様に案内してもらってわかりましたが、八女郷《やめのさと》は特に豊かなようです」

二人の会話はこれだけで十分であった。

「それなら磐井《いわい》ではどうであろう」

「大賛成です。八女郷が豊かであるのは、磐井が特別多いからだとわかりました。私もそう考えておりました」

「磐井」とは岩間から湧き出る井戸、この八女郷に多い湧水を指していた。

八女郷は東と南が筑肥山地、北が台地となっており、きわめて湧水の多いところである。この時期の稲作は水はけの悪い湿田から乾田へ変わりつつあったが、この頃の技術では矢部川・星野川などの大きい川からの大規模灌漑は難しく、稲作は、もっぱら豊富な湧水と、小河川からの灌漑によって行われていた。八女郷の生産力が高いのは、この地形に要因があった。

こうして、赤ん坊の名前は磐井とつけられた。そして、隈井の長男の誕生とその名前は、新羅と筑紫の各県《あがた》へ伝えられた。

磐井の名は馴染《なじ》みのある名前であり、稲作にも大切なものであることから、筑紫の民にも広く伝わり、親しみをもって呼ばれた。

吉備王国

磐井が三歳になった年、嶽八女《たけやめ》のもとに、吉備《きび》王国に派遣していた部下より急使が届いた。

部下は、

「田狭《たさ》様が、大和王権より謀反の疑いをかけられ討たれました」

と報告した。

当時吉備王国は備前、備中を中心に中国地方を支配する大国であり、大和の豪族を上回る隆盛を誇っていた。繁栄の源は、岡山平野を中心とする農業生産力、瀬戸内海での製塩、山部《やまべ》の鉄の産出であった。とりわけ山部の鉄は莫大な利益を生み出していた。

隈井が、三年前に友好訪問をしていたことからわかるように、筑紫連合王国は、吉備王国とは交流もあり友好的な関係にあった。しかも、筑紫国は大量の鉄を、伽耶《かや》と同時に吉備からも購入していたので、軍事経済に影響する可能性もあった。

嶽八女は、田狭が討たれたという報告を聞くとすぐに、隈井《くまい》を呼んだ。隈井が来ると、嶽八女は、

「謀反というがどういう内容か説明せよ」

と部下に尋ねた。

部下が報告した。

「よくわかりませんが、田狭様が新羅《しらぎ》と結んだという噂が流れています。大和王権軍が吉備に攻め入るならば筑紫に援軍を頼むという噂もあります」

吉備臣《きびのおみ》一族は、大和王権には后も出している家柄であった。嶽八女は事の重大さに驚き、隈井に尋ねた。

「隈井、下手には動けまい。三年前の訪問の際には何か感じなかったか」

「父上、田狭様は情勢判断ができる方で、大和王権の豪族たちが百済《くだら》のみと親交をしているのを憂慮しておられたように思います。今回も、そのことが原因かもしれません。状況を把握するために、石《いし》割《わり》を吉備へ派遣しましょう」

石割と遣いの部下が吉備王国に向かった。

三カ月後、石割が詳細な事情を隠密裏に探り当てて帰国し、報告した。

「非は大王を担ぐ大和の豪族側にあります。吉備王国の勢力をそぐために大和の豪族が謀反を仕組み、息子の弟君《おときみ》様も殺害されたようです。

かねてから田狭様は大和王権の半島政策が百済に偏りすぎていることを心配され、百済派の豪族と対立しておられたようです。しかし、田狭様のみの責任が問われ、吉備王国の滅亡という事態には至らない模様です。鉄は今まで同様に購入できるように、ひそかに手配してきました」

嶽八女は、吉備王国が滅亡には至らず、鉄の購入ができることを聞いてひとまず安堵した。

当時、筑紫には二カ所の鉄の精錬所があった。

一つは、八女郷白木《やめのきとしらき》一族の支配する清水山《きよみずやま》山麓の山間部であり、矢部川下流の砂鉄と伽耶《かや》より購入した鉄鉱石を原料として精錬していた。

もう一つは、筑紫国の北方、多多良川下流の糟屋《かすや》の精錬所であった。原料は、多多良川《たたらがわ》下流域の砂鉄と、吉備王国、伽耶から購入した鉄鉱石であった。

隈井が、さらに尋ねた。

「もっと詳細にはわからぬか。直接の原因は何か」

「事の発端は、田狭様が任那館《みまなやかた》に赴任している留守に、雄略《ゆうりやく》大王《おおきみ》が田狭様のお后稚媛《わかひめ》様を奪ったことにありました。大和に居づらくなった田狭様は吉備に帰っておられました。大和の豪族は、これを好機として、かねてから百済一辺倒の外交を批判されていた田狭様が、新羅と結んで謀反を企てているとでっち上げた模様です。

雄略大王は、こともあろうに息子の弟君《おときみ》様に討伐を命じられました。弟君さまが、父を討つことを迷っていたのを、妻の樟媛《くすひめ》様が知り、吉備王国の滅亡を恐れ弟君様を殺害されたということです」

「なんということだ」

隈井が怒りをあらわにして言った。

嶽八女と隈井は、一応最悪の事態は避けられたと判断したが、今後も同様のことが起きるのではないかという危惧の念はぬぐい去れなかった。

胡桃姫

磐井《いわい》には椎媛《しいひめ》の娘である八歳年上の胡桃姫《くるみひめ》という姉がいる。胡桃姫は隈井《くまい》が新羅《しらぎ》より帰国するまでは、白木飛形《しらきとびかた》の館で育てられていた。

白木一族はもともと新羅からきた渡来人の末裔であった。伝統的に、稲作の技術・食生活の工夫・農機具や武器の生産等に秀でており、川崎に住んで土器の製造を行っている伽耶《かや》系渡来人の末裔とともにこの地方に豊かさをもたらす頭脳でもあった。

椎媛は聡明な母であった。飛形・椎媛の影響を受けて育った胡桃姫は、ごく自然に支配下の農民《のうのたみ》の生活を考えるようになっていた。

椎媛は、民の生活向上のためには、食物の加工・貯蔵・保存、機織り技術の向上が必要と考えて、侍女たちや民のリーダーの娘を二十人ほど集めて定期的に教育していた。

食物の貯蔵や加工は、干物にする方法もあったが、塩も欠かせなかった。この頃、塩は貴重品だった。椎媛は大量の塩を得るため、嶽八女《たけやめ》に頼んで塩の製法を学ばせるために部下六人を水沼《みぬま》まで派遣し、隈井が帰国する一年前には、白木一族の支配する筑紫海《つくしうみ》の海岸に製塩所が完成していた。

胡桃姫は八歳まで白木飛形の館で暮らしているうちに、祖父や母の思考方法・技術を身につけていた。

隈井は妻二人と同じ館で暮らした。そのため、姫は、隈井の帰国と同時に深田の館に移ってきていた。二人の母を持つようになった姫は、二人の母が姉妹のように仲がよかったこともあり、紫雲媛《しうんひめ》の影響も強く受けた。

紫雲媛は、一緒に生活するようになると、胡桃姫の非凡さをすぐに見抜き、我が子を育てるような情熱をもって姫の教育を行った。家庭内や家計的な仕事を椎媛が主に行ったこともあって、比較的時間の余裕があったことも幸いした。

漢字の大切さは、隈井も強く感じており、紫雲媛に側近の子弟への教育を依頼していた。

胡桃姫が十歳になったある日、紫雲媛は、

「胡桃姫、漢字というものを知っていますか」

と尋ねた。

姫は、答えた。

「漢字というものがあることは、母より聞いて知っていますが、どんなものかは存じません。ぜひ、教えてください」

こうして胡桃姫は、白木石割《いしわり》の息子清水《きよみず》ら側近の子弟五名とともに漢字を学ぶことになった。

姫の理解は特に早かった。姫は関心が高かったためか、独特の工夫をして漢字を理解した。学習が終わると、土器片を集めておき、学んだ漢字を土器片に毎日書き残して反復練習を行った。また母椎媛の応援もあった。椎媛は、毎日胡桃姫より漢字を習うことによって、姫の学習の手助けをした。しかし残念なことに、漢字の記録手段が伝わっておらず、実用化はされずに、教養の域にとどまった。

武芸の訓練は、紫雲媛が二人目の子和泉姫《いずみひめ》を生んだ年、胡桃姫が十一歳の時から始められた。この結果、胡桃姫は十五歳頃には、漢字、乗馬、弓、剣の扱い等々、成人男子の誰にも負けないくらいに上達した。

その間、姫には、磐井より一歳年下の椎媛の息子白井《しらい》、三歳年下の紫雲媛の娘和泉姫という新しい弟妹もできていた。胡桃姫は、弟妹をかわいがり、面倒をよく見た。これが磐井たちの成長に大きく役立つことになった。

磐井が五歳になると、胡桃姫は暇さえあれば八女郷《やめのさと》のあちこちに連れ出した。最初は徒歩であったが、七歳になった頃には騎馬に変わった。磐井の武芸の指導は、石割《いしわり》が行った。紫雲媛による姉の乗馬指導を見て育った磐井は、乗馬にも関心が強く、七歳になると乗馬は一人前となっていた。

胡桃姫は、磐井が幼少で徒歩でしか出かけられないときには、八女郷の農作業や農産物の加工の様子などを、説明を加えながら見せて回った。見学した日の夕餉《ゆうげ》時には、磐井は見学したことを父母に話した。その話の内容から、見学が磐井たちの成長に役に立つと判断して、隈井と二人の母も胡桃姫の行動を温かく見守った。

四月のことである。磐井が突然質問した。

「姉上この紅い花は何ですか。あちらから向こうの田には、紅い花が咲いていません。どうしてですか」

紅い花は、蓮華草《れんげそう》であった。隈井の帰国後、隈井と紫雲媛の指導により、田を肥沃にするために豆科植物である蓮華草が植えられていた。種子は、新羅から持ち帰ったものであったが、種子が不足して全体には広がっていなかった。

胡桃姫は驚いて説明した。

「紅い花は蓮華草です。新羅や中国では紫雲英《しうんえい》というそうです。田の土を肥沃にする草です。紫雲母上が新羅より種子を持ってこられて増やしています。種子がまだ不足していますのであちらには植えられていません」

「中国での呼び名が母上の名前と似ていますが。蓮華草を植えると、どうして土地が肥沃になるのですか」

「紫雲母上の名前は、新羅の父上が、豊作を願って紫雲英の一部をとってつけられたそうです。どうして肥沃になるのかは、私にはわかりません。母上に尋ねてください」

弟白井、妹和泉姫も一緒の時もあり、二人も自然と磐井の影響を受けるようになった。

七歳になって乗馬できるようになると、磐井の行動範囲はさらに広がった。川崎に近い立山山《たちやまやま》にある土器類が焼かれている窯、八女郷中央部にある長い峰とよばれているなだらかな丘陵西端にある石人山《じんさん》に建造中の嶽八女の墳墓、八女郷東部黒木平《くろぎだいら》、北川内平《きたがわうちだいら》と呼ばれる矢部川・星野川中流域に広がる稲作地域等々であった。

磐井は、関心を示すと何回も足を運んだ。師走に案内してもらった立山山の土器づくりの窯へは、五回出かけた。

磐井は、納得のいくまで質問した。

時には、姉だけではなく、直接土器を造っている工人に尋ねることもあった。

「茶色と灰色の土器の名前は何ですか。色はどうして違うのですか。土器の作り方はどのようにしますか。何日で焼きあがるのですか」

工人たちも、その熱心さに感心し、磐井の人柄を仲間たちに話し、噂は隈井の耳にも入ることになった。

胡桃姫が連れて行くところは、筑紫国の心臓部にあたるようなところが多かった。石人山へは、秋になって七回足を運んだ。磐井は、築造の様子に興味を持った。大きな石を運ぶ技術、墓を囲むように埋められていく小さな埴輪などにはとりわけ興味を持った。

三度目の見学の時には、嶽八女が視察に訪れていた。

二度目までに姉よりその説明は受けていたが、嶽八女にも質問した。

「この造り方は、誰が考えたのですか」

嶽八女は、七歳の子どもとは思えない質問に驚きながら説明した。

「大和より招いた工人と、そなたの母紫雲とともに新羅よりきた工人が考えたものだ。技術指導は、主に新羅の工人が行っている」

会話は続いた。

「何のために造っているのですか」

「筑紫一族と民たちが祖先を大切にするように造っておる」

「どうしてこんなに大きなものが必要ですか」

「筑紫国は連合王国の中心である。大きなものを造って他国の手本とする必要がある」

嶽八女は、孫と話しながら隈井と話しているような錯覚に陥った。

「楽しみな孫だ」とつぶやいていた。

七度目の見学の時にも、嶽八女と一緒になった。

「何年かかりますか」

「あと十年はかかろう」

「前に来た時には作業をやっていませんでしたが、時々休むから長くかかるのですか」

「そうだ。十日ほど作業を休んでいた」

「ここの工人たちも米を作っているのですか」

磐井の頭の回転のよさに舌をまきながら、

「ここの工人たちは、稲作も行っている。その収穫をしていたのだ。優れた稲作技術も持っているので、他の農民たちの手本となっている」

と説明した。

その夜、嶽八女は、隈井と二人の母を呼び「二人とも大物になるぞ」と胡桃と磐井の成長している様子を話した。

益城王子

胡桃姫《くるみひめ》は成長とともにその美貌も目立ってきた。その才媛とも相まって、姫の噂は八女郷《やめのさと》はもとより、筑紫国全体に広がり、それだけにとどまらず、近隣諸国にも伝わることになった。筑紫連合王国の各国は、お互いの交流が盛んであった。そして、各国から王族が訪れる際には家族で晩餐会をもって歓迎するのが習わしであったために、お互いの家庭は相互に熟知されており、胡桃姫の縁談は多かった。

隈井《くまい》には、すでに留学中から大分君《おおきたのきみ》の息子臼杵《うすき》からも話があったし、帰国後は火君《ひのきみ》一族からも話がきていた。

隈井は、胡桃を手放したくないこともあって、具体的な答は出していなかった。ところが、胡桃姫が十六歳になったばかりの春三月に、火君菊池《ひのきみきくち》の分家火君御船《みふね》が百人の部下とともに訪れて、「胡桃姫を息子益城《ましき》の嫁にほしい」という縁談を申し込んだ。

御船は、菊池の息子で、緑川《みどりがわ》と火川《ひかわ》の中間に当たる宇土郷《うとのさと》に館を構えていた。

火川は現在の氷川《ひかわ》である。当時は、火邑《ひのむら》を流れる川の意味で「火川」と呼ばれていたが、火災を嫌う気持ちと水にふさわしい名前の「氷川」に改められたといわれている。

分家ではあったが、火君御船は緑川・火川流域一帯の生産力と不知火海よりの水運による交易を背景にし、急速に勢力を拡大し本家をしのぐ発展を遂げていた。

御船一行は、山鹿郷《やまがのさと》の本家に一泊し、午後二時頃八女郷に到着した。その日、早速三時頃より昨年末に完成したばかりの迎賓館で歓迎の晩餐会がもたれた。晩餐会には、筑紫一族の主立ったものと側近合わせて二十人ほどが参加した。

御船は、側近の宇土《うと》ら三名とともに招かれた。御船が八女郷に来るのは四度目であった。訪れるたびに、八女郷が変化していく様子をみるのを楽しみにもしていた。

今回は、迎賓館の完成と、そこに飾られている見慣れない色をした土器の高坏《たかつき》・壺《つぼ》、鐙《あぶみ》・杏葉《ぎょうよう》・辻金具《つじかなぐ》と呼ばれる馬具に目を奪われた。迎賓館の建物そのものは立派であったが、そう驚かなかった。しかし、正面入り口にかけられている大きな木の板に驚いた。木の板には、「深田迎賓館《ふかだげいひんかん》」と書かれていた。

懇談が進み落ち着くと、御船は嶽八女《たけやめ》に尋ねた。

「正面入り口の大きな板に書かれているのは漢字とお見受けしましたが、なんと書かれているのですか」

嶽八女は、

「この地が深田ということから、深田迎賓館と書かれている」

と説明し、

「それにしても胡桃姫は優れている」

とつぶやくように言った。

御船は、

「どういう意味ですか」

と重ねて尋ねた。

隣で聞いていた隈井が、

「迎賓館という看板をつけたのは、胡桃の発案です」

と説明した。

しばらくして、御船のもとに胡桃姫と磐井《いわい》がよばれた。

隈井は「御船様、胡桃と磐井です」と紹介し、「二人とも挨拶をしなさい」と命じた。

先ず胡桃姫が、

「胡桃です。御船様、お久しぶりです。今日はよくいらっしゃいました」

とそつなく挨拶した。

御船は、以前の訪問で胡桃姫に会っていたが、すっかり大人び、美しく成長している姫を見て、改めて今回訪問してよかったと思った。目もとがきりっとしているところは、隈井そっくりであった。

続いて磐井が、

「初めてお目にかかります。磐井です。今日はゆっくりご歓談ください」

と挨拶した。

酒が入ったこともあって、御船は二人を少し試してみたくなって尋ねてみた。

「胡桃姫、乗馬をされると伺っておりますが、弓はどうですか」

「紫雲《しうん》母上より教えていただきましたので少しはできます。兎・鹿などの動物を射るのであれば父上には負けません」

「この迎賓館の看板も姫の発案と伺いましたが」

「はい。父や紫雲母上より、新羅《しらぎ》には宮殿や寺があり、漢字で名前が書かれているとお聞きしましたので、筑紫もそのようにしたらと思って祖父にお願い致しました」

御船は、上機嫌となり磐井にも尋ねた。

「磐井様、灰色の立派な高坏や壺は珍しいものですが、どういうものですか」

「あれは須恵器《すえき》という器でございます。八女郷の東部の立山山《たちやまやま》という山中で焼いています。半島の伽《か》耶《や》地方出身の工人たちが焼いているものです。最近では、火君菊水《ひのきみきくすい》様も立山山から工人を招き、焼き始められたと祖父より聞いております」

御船は、説明の要領の良さと、兄の菊水のことさえ知っている磐井の説明に舌をまいた。

翌日は、晴れ渡っていた。

御船他五名の八女郷視察の案内は、胡桃姫と磐井が行うことになった。胡桃姫に御船の人柄を理解させたいという、隈井と椎媛《しいひめ》の配慮であった。案内は八時頃より騎馬で行われ、部下二十人がつけられたが、案内は二人が行った。二人は、まず須恵器が焼かれている立山山の窯元に向かった。

窯元では、工人の頭領が出迎え、

「御船様方、遠路よくおいでくださいました。姫、王子様、いつも私たちを大切に扱っていただきありがとうございます」

と挨拶した。

御船は
「よろしく頼む」

と応えた。

案内がはじまった。

宇土郷《うとのさと》でも窯元は見たことはあったが、宇土郷より優れているのがすぐにわかった。案内の途中、姫と磐井が工人たちと親しく話しているのを見て、二人が何度もここに足を運んでいることに気づいた。

胡桃姫が、磐井を最初に案内したと聞いて、噂どおりの才媛だと確信した。

立山山視察後、一行は星野川、矢部川の合流点付近から矢部川沿いに白木里《しらきのさと》に向かった。この年は春の訪れが例年になく遅く、梅の花があちこちに咲いているのを見ながらの道中であった。農民《のうのたみ》たちの家付近にはきまって梅があった。梅は、飛形が半島に交易に出かけた折に実を持ち帰って植えたものであった。梅は、中国原産でようやく筑紫にも広く植えはじめられていた。白木里、飛形《とびかた》の館に近づくにつれ梅は一段と多くなり、白一色と思える景色となった。

御船は、ついに二人に尋ねた。

「あの白い花は何ですか。どうしてこんなに多いのですか」

「梅の花です。磐井、あなたが説明しなさい」

磐井は「はい」と応え、説明した。

「椎母上が、梅の実を保存食にするため、飛形様に頼んで植えさせたものだそうです」

御船は、磐井が何でも知っているのは胡桃姫の影響であると判断した。

十一時頃白木里に到着し、御船が、挨拶をした。

「飛形様・石割《いしわり》様、今日は大変お世話になります。今まで立山山の窯元などを案内していただきました。勉強になることばかりです」

飛形は、

「時間が少し早いようですので、もしよろしかったら我家自慢の機織り作業所や食物の貯蔵倉庫を案内いたしましょうか」

と言った。

御船は、

「ぜひ、お見せください。伴の者も勉強になるでしょう」

と頼んだ。

機織りの作業所は、幅三丈《つえ》（約九メートル〈一丈は約三メートル〉）長さ六丈（約十八メートル）と大きく建てられていた。飾りはなく、大きな木を使った頑丈な建物であった。機織りの道具は二十台ほど並べられていた。この日も若い娘たちが七名ほど機を織っていた。

「二十台とは多いですね」

と御船が尋ねた。

「これは、椎姉上が、農民《のうのたみ》の娘たちに機織りを教えるときに使っていたものです。今は、私の妻が農民の娘に指導するときに使っています」

と石割が説明した。

次に、食物の貯蔵倉庫に案内された。倉庫は、米などを貯蔵する高床式の建物と平屋の二種類が各々十棟建てられていた。高床倉庫は、宇土郷にも多く建てられていたが、平屋の貯蔵庫はほとんどなかった。御船は、「どうしてこんなに必要なんだろう」と考えながら案内してもらっていたが、やがてその理由を理解した。

平屋の貯蔵庫は、魚の干物の貯蔵庫・猪等の肉の貯蔵庫・野菜類の貯蔵庫とそれぞれ分類され、大小さまざまな須恵器の甕壺《かめつぼ》が並べてあり、保存食が貯蔵されていた。

中も見たくなって、

「中の食べ物を見せていただきたいのですが」

と尋ねてみた。

石割が、

「私は、詳しくはわかりませんので胡桃に案内させましょう。胡桃説明しなさい」

と命じた。

胡桃姫は、器の大きさだけで中の物を判断できるようであった。

「これは猪の肉を加工した物です」

と指さした後、蓋を取り説明を加えた。

その後、野菜類、梅干し、魚類の塩づけ、胡桃、栗、大豆等の保存食品の壺を、作り方などの簡単な説明を加えながら説明して回った。

御船は、改めて白木一族が筑紫の頭脳と言われている理由が理解できた。

休憩は、飛形の館でとられ、栗・胡桃に手を加えた軽食と葛湯《くずゆ》が出された。この時代は二食が普通であり、昼食はとらない習慣だったが、この日は、特別に軽食が準備された。

御船は、また質問せざるを得なかった。今まで食したことのない、少し甘い飲み物が出たからである。

「これは、何ですか」

「これは、葛湯と言います。私と母上で考えました」

隈井の新羅留学中、胡桃姫が飛形の屋敷に暮らしていたときのことであった。胡桃姫は「この葛《かずら》は、性が悪くて困る」と大人たちが話しているのを聞き、人一倍好奇心旺盛な姫は、葛の根を掘った。根は、大きな芋になっていた。この葛は、筑紫では古くから「カンネカズラ」、または「クズ」と呼ばれていた。伴の大人に頼んで掘り出し、母椎媛に見せた。椎媛はとっさに食用になるかもしれないと判断した。その後、母子二人は、試行錯誤を重ねながらも、葛湯を考案した。

なお、葛はその後、大和吉野地方の国栖《くず》で生産販売されたので、クズという名がついたともいわれている。

休憩後、一行は石人山《せきじんさん》へ向かった。宇土郷でも墳墓は造られていたが、この墳墓は特別に巨大だった。

御船は、ここでも二人に質問した。

「何のために造られているのですか」

胡桃姫が答えた。

「筑紫一族と民たちが、祖先を大切にするように造られています」

御船はさらに尋ねた。

「誰が造っているのですか」

今度は磐井が答えた。

「大和より招いた工人と、紫雲母上とともに新羅よりきた工人たちが、指導して造っているそうです」

帰路、長い峰と呼ばれている丘陵の北側を東へしばらく進み、途中から小高い山へ登り、八女郷を一望した。真正面に、鳥が羽を広げたように見える大きな山が見えた。

胡桃姫が説明した。

「正面の大きな山は、飛形山《とびかたやま》と言います。昼、休憩をしていただいた白木里は、山の左側の麓にあたります。立山山の窯元は、この峰が、険しい山に変わる付近にあたります」

「田の水路もずいぶんと造られているようですが、水源はどのようになっていますか」

今度は、磐井が説明した。

「水源は二つあります。一つは磐井（湧水）です。八女郷は、西側の筑紫海《つくしうみ》側を除いて、山で囲まれていますので、磐井がたくさんあります。この磐井を水源としています。二つ目は、まわりの山から流れ出している中小の川です。この川より田に水を引く工事が続けられています」

三時頃、深田の館に帰ると、初日同様晩餐会がもたれた。

翌日早朝、御船は肥国《ひのくに》へ帰国した。

四月に入ると、十八歳になる益城王子《ましきおうじ》が、若者十人を従えて八女郷を訪れた。従者十人は、将来、益城王子を支えていくことになる側近たちであった。王子たちは半年間八女郷にとどまることになっていた。

一時間ほどして、一行は迎賓館に案内された。

益城王子は、この迎賓館のことを前もって父御船から聞いていた。父が話したように、玄関の「深田迎賓館」という木で作られた大きな表札、須恵器の高坏《たかつき》類や鐙《あぶみ》、辻金具《つじかなぐ》、杏葉《ぎようよう》等に目を奪われた。

益城王子は、馬具類の立派さに筑紫国の先進性を感じた。

歓迎の宴《うたげ》は、益城王子たちが緊張しないようにという隈井の配慮で、少人数で催された。八女郷からは隈井、石割、清水《きよみず》、磐井ら六人が参加するにとどまった。

座席は、益城王子を中心に設営されていた。膳には、粟飯、猪肉の煮物、鰻、野菜の漬け物などが並べられていた。当時としては、最高級のもてなしであった。

隈井がはじめに挨拶を行った。

「益城王子と伴の者ども、よく来た。半年間の遊学ご苦労である。今日は心ばかりの夕餉《ゆうげ》であるが、ゆっくりとくつろいでもらいたい」

次に益城王子が立った。

「今日は、このような席を設けていただいて、ありがとうございます。多人数での遊学、御面倒をおかけします。半年間よろしくご指導お願いいたします」

そばにいた磐井は、小柄な益城王子のどこからこのような大きな声が出るのだろうと思い、しっかりと澄んだ声にも心地よさを感じた。

また、隈井が「磐井、上に立つ者は、はっきりと大きな声で話すことが大切だ。日頃から心がけておくように」と常日頃から言っているのを思い出した。

この時代、多数の人に聞こえる大きい声を出すことは王や将軍にとっては欠かせないことだった。

隈井も、磐井同様、益城王子の挨拶に満足していた。胡桃姫も、隣室で王子の挨拶を聞き、顔は見えないが、その声の涼やかさに好感を覚えていた。

食事をしながら、自己紹介も行われた。自己紹介が終わると、女たちの手によって、筑紫海からとれたアサリの塩ゆで、栗や胡桃に手を加えたものなど、次々と料理が運び込まれた。

女たちは、その場にとどまった。

この日の歓迎の宴は、特別に筑紫君一族及び側近の女たちが給仕にあたっていた。この宴は、別の見方をすれば、現在でいう「お見合い」だったからである。料理が出そろったところで、椎媛が代表して一族の女たちを紹介した。

一行は、噂に聞いていた椎媛をはじめ、紫雲媛、胡桃姫たちの威厳と美貌に目を奪われ、圧倒された。

宴は若者中心であったこともあり、盛り上がった。筑肥両国より、出し物も披露された。

益城王子は、側近の若者たちの「稲の実りは緑川、海の恵みは不知火の海……」で始まる唄と鼓《つづみ》に合わせて、剣舞を舞った。八女郷訪問が決定してからの、にわか作りということであったが、大胆、勇壮な演舞は見事であり、一同は拍手喝采した。

八女郷の出し物は、胡桃姫の唄と舞踊であった。八女郷の祭で謡われる「実りもたらす磐清水《いわしみず》、八女の各処に湧き出づる……」で始まる唄を謡いながらの舞だった。澄んだ唄の抑揚と歌詞が、一同の心に響いた。姫の舞は、手足の動きが華麗でしなやかであり、一同はうっとりと見とれた。

益城王子も見とれていた。

稲妻

歓迎の宴の翌日より、益城《ましき》王子たち一行は早速軍事訓練を受けた。

軍事訓練は、石割《いしわり》が担当した。遊学生に混じって、清水《きよみず》、磐井《いわい》も訓練に参加した。磐井はまだ八歳であったが、一行と同様の訓練が科された。

四月までは、個々人での剣、弓の扱いや騎馬訓練が中心だった。遊学生たちは、すでに本国で訓練を受けており、剣、弓の扱いは、清水と同様に高い水準にあり、磐井はついて行くのに苦労した。しかし、騎馬による訓練に移ると、磐井の水準が遊学生以上であり、逆に遊学生たちが苦労した。

五月に入ると、部隊の動かし方の厳しい訓練が続いた。

隈井《くまい》は、胡桃姫《くるみひめ》と益城王子を会わせる機会をつくるために、訓練の合間に時折、王子を夕餉《ゆうげ》に招いた。

二人が気軽に会話をするようになるまで、そう時間はかからなかった。胡桃姫は、王子の前向きに学ぼうとする態度と、他人の意見を聞いて判断するという謙虚さに惹かれた。

最初の夕餉の時のことである。

隈井が、

「訓練はどうですか」

と益城王子に尋ねた。

益城王子は、正直に答えた。

「肥国《ひのくに》は、騎馬の扱い方と弓矢の使い方が劣っています。十分に訓練を受け、肥国の兵士に教えたいと思います」

また、磐井と軍事訓練の作戦を練っていた頃の夕餉でも「胡桃姫、磐井様は鋭いお考えをなさる」と磐井をほめながら話したりもした。

軍事訓練の合間には、一行はいくつかに分かれて、八女郷《やめのさと》各地の見学研修を行った。益城王子の案内は、胡桃姫が担当させられることが多かった。

五月五日、胡桃姫は騎馬で白木里《しらきのさと》を案内した。この日は五月晴れで、道すがら、鶯《うぐいす》がホーホケキョ、ホーホケキョと鳴いていたのが益城王子の記憶に永く残った。

白木里の案内は、食物の保存方法・貯蔵について、王子に理解してもらうためであった。いつしか王子との恋に陥っていた姫は、宇土郷《うとのさと》に嫁ぐことを漠然とではあるが意識し、王子を案内した。

王子は、父御船《みふね》から話には聞いていたものの、貯蔵庫の多さに驚き、質問した。

「姫、この栗や胡桃は昨年の秋のものですか」

「昨年秋のものもあります。しかし、五年ほど前からの物が沢山貯蔵されています」

「梅もずいぶんと多いようですが、こんなにたくさん何に使うのですか」

「遠くに旅をするときには欠かせません。また、軍勢を多数出兵するときにはどれだけあっても不足しますので、農民たちに梅を植えるように奨《すす》めています。塩をたくさん使っていますので、おかずにもなりますし、薬にもなります」

説明を受けながら、王子は、姫が自分の妻になってくれるならば、自分の幸せはもちろん、肥国にとっても大きな宝となるだろうと思った。

また、深田より白木里に向かう途中、矢部川の岸辺に石がたくさん積まれている光景が目にとまった。

「姫、あの石は何ですか」

「水かさが増したときに、流れを遮り、農民《のうのたみ》の家屋が流されないための水よけ石です」

六月末に大雨が降った。

この時代、洪水を防ぐ手だてはほとんどなく、人々は、被害から免れるためにできるだけ高い自然堤防上に集落をつくっていたが、それでも、大雨が続くと被害を免れることは難しかった。

この大雨の日、農民たちは、家屋を捨てて館のあるより高い場所へ避難した。雨がやみ、水が退いた後、農民たちの家屋は流されずに残っていた。肥国では考えられないことであった。

八月に入った。

この頃になると、二人だけでも出かけるようになっていた。この日は、長い峰中央部の小高い丘の上に立って、八女郷を一望しながら語り合っていた。

急に空が曇り、あっという間に稲妻《いなずま》が光り、豪雨となった。大木には、雷が落ちやすいということを知っていた二人は、大木を避け、やや低い樹木の下で雨宿りをした。

胡桃姫は、雷が苦手であった。恥ずかしさも忘れて、稲妻のたびに王子にしがみついた。王子には初めての経験であった。面食らったが、姫の身体の感触に雷のことは忘れて抱きしめていた。

雨がやんだ。姫は、先ほどのことは忘れたかのように、

「今年も豊作になるでしょう」

とにっこり微笑んで言った。

「どうしてですか」

と王子が尋ねた。

「稲妻が光るときには豊作になります。稲妻は稲の夫だからです」

この当時、稲妻が多い年には豊作になると言い伝えられていた。人々は、稲妻を稲の夫と信じていた。雷を伴った夕立が多いと、それだけ田が潤って干ばつを防ぎ豊作になったのが言い伝えのもととなったのであろう。

九月、葛《くず》が紫紅の花を咲かせる頃、二人は結婚した。

結婚の披露は翌年の正月、宇土郷にて行われ、宴《うたげ》には、八女郷から隈井、石割、椎媛《しいひめ》、白井などが参加した。

また、宴には山鹿郷《やまがのさと》の火君本家からは当然として、益城王子の希望で、遠く豊国《とよのくに》からも客が招かれていた。

二 筑紫連合王国

古代の雄・磐井族

的臣吉井の服属

磐井《いわい》が十五歳を迎えた四七五年の六月、千歳川《ちとせがわ》中流の杷木郷《はきのさと》で武力衝突が起こった。この頃、嶽八女《たけやめ》は、筑紫君の座を隈井《くまい》に譲り、隈井がその位についていた。隈井の弟御笠《みかさ》支配下の農民《のうのたみ》と、水縄《みのう》山地北麓生葉郷《いくはのさと》を支配をしていた的臣吉井《いくはのおみよしい》支配下の農民の争いが発端であった。

御笠は、筑紫社《つくしのやしろ》のある筑紫郷《つくしのさと》に館を構え、糟屋《かすや》の海人《あま》部隊の掌握と千歳川以北の経営を任されていた。御笠という名前は成人した暁には、この地の支配をゆだねるつもりで命名されていた。

的臣一族は大和出身の豪族であったが、伽耶《かや》の一部にあった任那《みまな》の大和館《やまとやかた》への出仕が長く続くうちに筑紫に住みつき、この頃には、生葉郷で動員総兵力が三千人を有する豪族に成長していた。また大和にも一族がおり、筑紫連合王国とは一線を画していた。

千歳川は、筑紫次郎とも呼ばれる現在の筑後川である。争いは、千歳川の川中島の領有をめぐって起こった。

川中島は、農地に利用できる土地は少なかったが、この地方の農民は、川中島を根拠地にして千歳川の魚類をよく捕っていた。半農半漁の生活をしているこの付近の南北両岸の農民は、川中島の利用を、双方とも譲ろうとはせず、農民の小競り合いは、ついに戦闘となった。

御笠は、自分の軍勢だけでも勝てる自信はあったが、筑紫君である隈井に知らせた。隈井は、この機に乗じて的臣一族を滅ぼしてしまうことも考えたが、武力を使って滅亡させることは筑紫国にとって、得策ではないと判断した。

的臣吉井もまた困っていた。支配下の民を守らなければ、民の離反を招きかねず、また大和に応援を頼んでも間に合わず、自分が滅ぼされてしまうことが予想されたからである。

隈井は、自分は動かず、身体的には自分を上回る背丈に成長し、大将の片鱗を見せはじめていた磐井の力量を試してみようと思った。

十五歳という若さが気がかりではあったが、隈井は、磐井に命じた。

「これ以上血を流さずに争いを収めよ。鮎も捕らねばならぬ。半月でなんとかせよ」

磐井は、

「承知しました」

と答え、早速行動に移った。

清水《きよみず》を御笠のもとに送り、「しばらく戦闘を控えていただきたい」と伝えさせ、自らは的臣吉井のもとに向かい、申し入れた。

「吉井様、隈井の息子磐井です。初めてお目にかかります。争いのことお聞きしました。しばらく戦闘を控えていただきたいと存じます」

はっきりとした物言いに、吉井は、「噂どおりの若者だ」と思いつつも、

「戦闘はわしの軍勢だけが行っているではないぞ」

と言った。

「そのとおりでございます。同様の口上を部下清水を通じて御笠叔父上にも伝えております。叔父上は部隊を引いてくださると存じます」

と磐井は言い切った。

「隈井様はどういっておられるか」

「父上は、血を流すのは無駄である。私に収めよと言われています」

「軍を双方引くだけでは解決にはならないと思うが」

「それはわかっています。八日ほど時をください」

「どうする気だ」

「今日は申し上げられません。双方に納得いただくようにお取り計らいいたします」

吉井は、仲介を立てる気であろうが、誰を立てるのか判断がつかぬまま、

「よかろう」

と答えていた。

磐井は、その日のうちに朝倉郷《あさくらのさと》で清水と合流した。

翌朝は雨ではあったが、磐井は騎馬三十騎で豊国大分郷《とよのくにおおきたのさと》に向かった。道案内は、石人山《せきじんさん》の墳墓造

りの応援に来ていた豊国の工人の頭領に頼んだ。

大分郷までは、山道が大半であり、騎馬を使っても三日間は要するのが普通であった。磐井は、この行程を二日間で到着できるように、すでに面識のあった工人の頭領に頼んだ。

「速く着くほど、民のためになる」と事前に説明されていた頭領は、磐井の期待に応えた。

途中、日田郷《ひたのさと》、玖珠郷《くすのさと》、由布郷《ゆふのさと》をぬけ、大分郷へ向かう行程であった。

磐井達は、食事は馬上でとり、馬を何度か替え、平地であれば夜も騎馬のまま、二日目の夕暮れが迫る頃に大分郷に到着した。

磐井は、解決策を考えるとすぐに「仲介を頼みます。吉井様の承諾をとりしだい、大分郷に向かいます」と遣いを大分郷にも急派していた。

雨中の強行軍であったため、どぶネズミのような状態で到着したが、急を要することであるので、そのまま挨拶に出向いた。そこにはすでに大分君国東《くにさき》、息子臼杵《うすき》などの主立った者が集まっていた。

驚いたのは、磐井であった。臼杵らしき人物がいたからである。初対面ではあるが、国東と臼杵であることは判断できた。隈井と親友である臼杵は、大分郷から離れた上膳県《かみつみけのあがた》の経営にあたっているはずだった。

磐井は挨拶をした。

「初めてお目にかかります。磐井です。今回はぶしつけなお願いに伺いました」

「内容はわかった。上膳県にとっても重要なことであるので、臼杵も呼んだ。今着いたばかりである。

臼杵も仲介に賛成した」

と国東。続けて臼杵が言った。

「疲れてもいいよう。伴の者ともども着替えをしてこい。

「私も着替えをすましてくる。父上、夕餉《ゆうげ》の準備をお願いいいたします」

「準備は整えている。私も夕餉をとらずに待っていた。さあさあ両名とも着替えを急げ」

磐井・清水らは、宿舎に案内され、更衣をすませて迎賓館に入った。

灯が焚かれていた迎賓館には、国東・臼杵など十人が待っていた。女性も三人含まれ、席が設けられていた。

磐井が立ったまま、

「今回は無理なお願いをいたしました。早速、夕餉まで準備いただき、ありがとうございます」

と挨拶した。

国東は、

「堅苦しい挨拶はよい。座れ。まずは夕餉だ」

と言って、酒を注がせ、食事をとりはじめた。

少し時間が経ってから、磐井は、

「私どもが、今晩到着することを予想されていたのですか」

と尋ねてみた。

「そうだ。磐井からの早馬が来た時から、速ければ、到着が今日になるだろうと予想していた。急ぐことが解決の早道だからな。早速、明後日仲介に出向こう。ところで、今回の策は、隈井様のお考えか。また吉井殿には何日間の猶予をもらっているか」

「解決策は私に一任されています。鮎捕りの大切な時期ですので、一日も早いほうがよいと考えました。吉井様には八日間の時をいただいています」

続いて、臼杵が言った。

「仲介には、私が行くことになった。それで、和議の条件はどう考えているのか」

磐井が説明した。

「私を案内してくれた工人の頭領より、大野川にも川中島があるとお聞きしました。豊国で大野川沿いの民に行っている仕置きで十分だと思います。工人の頭領は、以前は争いがあったが、現在はうまくいっているようだと話しておりました」

国東・臼杵両名とも、弱冠十五歳の磐井が、すべてを見通した上で解決しようとしていることと、磐井に解決をゆだねた隈井の英断に感服した。

磐井が、また尋ねた。

「筑紫への出発は明後日ということですが、一日も早いほうがよいと思います。明日ではだめでしょうか」

「疲れてもおろう。明日は大分郷を案内しようと思っておったが」

「今日が二日目ですので、十分時間はありますが、一日でも早いほうが民も喜ぶと思います。今回の件が解決したら、お礼にゆっくり訪問させていただきます。是非、明日出発させてください」

「そう言われてみればそうだ。臼杵、磐井の申すとおりに明日出発はできないか」

「私は、明日の出発でかまいません。しかし、残念です。明日は磐井様にゆっくり大分郷を見学してもらう予定を立てておりましたから」

と臼杵が残念そうに話すので、国東は笑い出した。

そして「二兎を追う者は一兎をも得ずともいう」と謎めいたことをつぶやき、「磐井は、解決したらゆっくりと見学にくると申しておる」と続けた。

こうして、出発は翌日と決まった。

国東がまた言った。

「大切なことを忘れておった。皆の者を紹介しよう。臼杵、紹介を頼む」

臼杵が国東の后、自分の妻、今年二十三歳になる息子の鶴崎《つるさき》、十四歳になる娘柚子姫《ゆずひめ》など一族の者を次々に紹介した。

磐井も清水も驚いていた。

上膳県にいるはずの臼杵の妻、鶴崎、柚子姫など臼杵の家族が、臼杵とともに大分郷まで来ていたからである。偶然とは思えなかった。

臼杵は以前から磐井の噂を聞いており、その聡明さを知っていた。磐井が大分郷に来ると聞いて、とっさに磐井に会わせようと家族を連れてきていたのである。臼杵は、胡桃姫との縁談が不調に終わった時点で、磐井と自慢の娘柚子姫との縁談を考え、そのことは、隈井にも話していた。

磐井は深くは考えなかったが、大分君一族が、心から歓迎してくれているのがわかり、好感を持った。また、火の灯りの下ではあったが、柚子姫の気品ある整った顔が妙にくっきりと印象に残った。

翌日は、梅雨の中休みとなり、晴天となった。

往路と違って、臼杵の部下百騎を従えての出発であった。昨夜のうちに、先遣隊十騎が出されていたので、行程は順調に進んだ。一行は、往路と同様強行軍で進んだため、二日目の夕方には日田郷に入った。

日田郷に着くと、磐井は、その足で臼杵の部下とともに生葉郷を訪れ、吉井に会った。

「吉井様、ただいま帰りました。仲介は、大分君国東様にお願いいたしました。名代として、臼杵様が日田郷に入られています。御笠様との会談は、いつどこで持ちましょうか」

と磐井が用件を要領よく話した。

吉井は、「これが十五歳の男の芸当か」と驚きながら、返答した。

「今日はまだ四日目である。疲れたであろう。ご足労をかけた。せっかく急いでくれたのであるから、早いほうがよいであろう。明日午後二時、朝倉郷《あさくらのさと》ではいかがであろう」

吉井は、当初、最終的には筑紫君隈井が仲介するだろうと予測して、隈井が出向くのを待つつもりでいた。しかし、磐井が、吉井の顔が立つように、大分君を引っ張り出したこと、四日間という早さで戻ってきたことに感動し、相手の支配地朝倉郷に出向く気になったのである。

磐井が答えた。

「ありがとうございます。今頃は清水が御笠様に会って、とりあえず、朝倉郷までお運びいただくようにお願いをしていると思います。私はこの足で日時を知らせに御笠様のところに向かいます」

同行していた臼杵の部下も挨拶をした。

「吉井様、初めてお目にかかります。臼杵の部下津久見《つくみ》です。仲介をご承諾いただき、ありがとうございます。急ぎ、日田郷に帰り臼杵に報告いたします」

吉井は、すべて解決した気分になり、

「世話をかけるがよろしく頼む」

と返答した。

磐井は、その足で、朝倉郷まで来ていた御笠のもとに向かった。

御笠は、しばらく会っていないうちにたくましく成長した磐井をみて喜んだ。そして、

「磐井、大きくなったな。今回は世話をかけた」

とねぎらいの言葉をかけた。

「叔父上、ありがとうございます。吉井様との会談は、明日午後二時と決まりました。ご了承いただけますか」

「異存があろうはずもない。早速会場の準備にかかろう。今夜はここに泊まっていくがよい」

「そうしたいのですが、事の始末を臼杵様に報告しなければなりませんので、今晩のうちに帰ります。叔父上、道案内をつけてもらえないでしょうか」

そして、その晩、磐井一行は、日田郷まで帰った。

臼杵は、部下百騎とともに、翌日正午には朝倉郷に入った。

吉井も申し合わせたように、百騎の部下を従えて、午後一時頃には朝倉郷に到着した。

会談は、時間より少し早く始まった。

一通りの挨拶のあと、仲介者の臼杵が、

「和議の条件ですがいかにいたしましょうか」

と切り出した。

吉井が、

「内容は聞いていないが、臼杵様に一任したい」

と応じた。

御笠も、

「吉井様と同様の考えである」

と答えた。

臼杵が提案した。

「それでは、磐井様の提案のように、大分郷大野川沿岸の仕置きと同様にしたらいかがでしょうか。

大野川沿岸では、川中島は、本年は七月までが右岸、八月以降が左岸の農民に優先的に利用させています。来年の利用は、月が逆になる決まりを作っています」

双方とも異存はなく会談は短時間であっけなく終わった。

解決案は、すぐに沿岸の農民《のうのたみ》の長《おさ》に知らされ周知された。そして、当日は御笠の提案で解決を祝う宴が催され、参加者全員が満足した。宴が最高潮に達した頃、吉井が突然立って話しはじめた。

「今回の件、心より感謝いたしている。特に磐井様の献身的な仲介には感服した。清水殿にも感謝している。

ところで、臼杵様、御笠様にお願いしたい。的臣一族も筑紫連合王国の一員に加えていただくよう、筑紫君隈井様に取りなしをお願いしたい」

一同は、この重大な発言に一様に驚いた。

臼杵、御笠が、声をそろえて言った。

「ありがたいことだ。隈井様も喜ばれると思う。その旨伝えよう」

数カ月後、的臣一族は正式に連合王国の一員となった。そして、このことが数十年後の政局に大きくかかわってくることになるのであるが、この時期には誰もそのことは予想できなかった。

翌年三月、磐井《いわい》が仲介の返礼に豊国《とよのくに》に出発しようとしていたときのことである。肥国《ひのくに》より、「隼人《はやと》が肥国の分家御船《みふね》の領内に侵攻した」との早馬が届いた。

隼人とは、南九州一円の大和王権の支配に属しない勢力の総称である。この時期、勢力を急速に拡大しつつあったのが薩摩隼人《さつまはやと》であった。

不知火海《しらぬいかい》は細長く伸びている。

この時期、南部沿岸芦北郷《あしきたのさと》は、隼人・肥両国の支配が直接には及んでおらず緩衝地帯になっていた。

芦北君《あしきたのきみ》と呼ばれていたこの地方の豪族は、数十年前までは、隼人に従っていた。しかし、宇土郷《うとのさと》火君御船《ひのきみみふね》の勢力拡大に伴い　火君に従うようになっていた。

隼人は、五千人の部隊で、芦北郷に侵攻した。芦北君は、防戦する手だてはなく、隼人に服属し、御船が派遣していた二百人の防衛部隊も芦北を追われ撤退した。

早馬の遣いは、「肥国のみでも隼人を撃退できるが、この際徹底的に隼人をたたきたい。援軍を出してほしい」と口上を告げた。

隈井《くまい》は、磐井の豊国訪問を中止にして、石割《いしわり》とともに、まだ戦の経験のない磐井・清水《きよみず》も援軍に出すことにした。また、二千人の援軍要請であったが、今回は三千人の部隊を送ることにした。部隊編成は四月までかかった。

部隊は二つに分けられ、一方は石割が、もう一方は磐井が指揮することになった。磐井らの部隊は、朝出発し、昼過ぎに肥国山鹿郷《やまがのさと》に入り休息をとった。火君菊水《きくすい》に挨拶をするためである。

磐井は、石割・清水らとともに菊水のところを訪れ挨拶した。

「ご無沙汰いたしております。今回は要請を受けましたので、はせ参じました。父隈井からもよろしくということでございます」

「今回はご苦労をかける。よろしく頼む。石割、清水もはせ参じてくれて痛みいる。ところで磐井、的臣吉井《いくはのおみよしい》様の連合王国への参入の事は大変なお手柄であるな」

磐井があわてて言った。

「あれは、臼杵《うすき》様と吉井様の英断でございます」

休息には、干し柿と葛湯《くずゆ》が出された。磐井は驚いた。葛湯が数年のうちに宇土郷のみならず、山鹿郷でも実用化されていたからである。

短時間の休息ののち、部隊は南下し、軍の集結している宇土郷に向かった。部隊は、宇土郷の北、白川を越えたところで宿営した。

翌日、磐井・石割・清水らは、軍議に参加するため、部隊を残したまま、宇土郷に向かい、十時頃宇土郷に到着した。

到着すると、御船一族の館を訪れ、御船・益城《ましき》・胡桃姫《くるみひめ》等々に、磐井が挨拶した。

「御船様をはじめ皆様、ご息災で何よりです。今回は隼人侵入ということで部隊三千人を率いて参りました。ご存分にお使いください」

御船は、

「早速の援軍心強い限りである。今回は、再び隼人の侵入がないように徹底的にたたくつもりである。よろしく頼む」

と言った。

そして、胡桃姫に向かって、

「胡桃、久し振りの再会であろう。磐井たちに声をかけてやれ」

と促した。

胡桃姫が三人に声をかけた。

「石割様をはじめ、今回はご苦労です。清水も磐井もしばらく会わないうちにすっかり立派になっており、驚きました。私も宇土郷が水にあっているとみえ、病気ひとつせずに元気です」

今度は、石割が挨拶した。

「益城様、胡桃様、お子様が三人誕生の由おめでとうございます。特に三番目は和子様とお聞きしております。さぞお慶びでしょう」

少しの会話後、御船が、益城と部下白髪《しらかみ》とその子三角《みすみ》に、

「軍議に先立ち、今回の侵攻の詳細を説明しておく必要がある。益城、白髪、三角、そちたちから説明いたせ」

と命じた。

別室にて、益城・白髪・三角の三人が、隼人の侵入について詳細に説明した。

まず益城が球磨川《くまがわ》沿いに侵攻している隼人について説明した。

「三月一日早朝、坂本里《さかもとのさと》へ二百人の隼人部隊が侵攻しました。午後には、五百人の部隊で撃退しております。過去にもたびたび侵攻していましたが、略奪してすぐに引きあげていました。しかし、今回は、坂本里の山中に拠点を構えて、数十人規模であちこちの農民《のうのたみ》の家を襲い略奪を繰り返し、撤退する様子がありません」

続いて、三角が芦北郷のあらましを説明した。

「三月十日になって、五千人程度と思われる隼人軍が、夜陰に紛れて不知火海から芦北郷《あしきたのさと》に侵攻しました。芦北君は、やむなく服属した模様です」

「隼人軍は、何部隊が中心ですか」

と清水が質問した。

「坂本里方面は、数十騎をのぞいて、ほとんど徒歩の弓部隊です」

と白髪が答え、さらに三角が、

「芦北の隼人軍は、弓・槍・騎馬部隊と三分しているのではないかという物見からの報告です」

と付け加えた。

午後になって軍議が開かれ、御船が作戦の方針を提案した。

「我が軍は、肥国軍八千人と筑紫国の援軍三千人と合わせて一万一千人の兵力である。坂本里方面の防衛もあるので、二千人の守備隊を宇土郷に残し、芦北郷の隼人攻撃部隊を九千人としたいが、いかがであろうか」

この提案には、肥・筑紫すべての武将が賛成した。

さらに御船は続けた。

「次に隼人攻略であるが、まず海人《あま》部隊で海路をおさえ一気に上陸したい。白髪、そちの海人部隊で隼人海人部隊を破れるか」

白髪が答えた。

「上陸は、石棺《せっかん》運搬船まで動員すれば一気にできます。しかし、海人部隊の船は百隻、兵員は千五百人ですので、隼人海人部隊とは船の数はほぼ同数と思われ、打ち破るには、相当の工夫が必要です」

この頃、宇土郷からは、中国・四国・近畿の諸豪族の墳墓に納められる首長用の石棺が多数運ばれており、石棺運搬船は多数存在していたが、戦闘用の船と兵員は隼人を凌駕する質量ではなかったのである。後に、この地方の石棺は、「宇土のピンク石」として重宝がられるようになり、天皇家の石棺にも用いられている。

御船が、

「そちのことだ、何か考えていよう」

と白髪に尋ねた。

「はい。すでに天草君《あまくさのきみ》に海人部隊への助力を依頼していますが、まだ返事が参りません」

と白髪は答えた。

天草君はこの頃、不知火海の西側、天草諸島の島々をおさえて、この地方の漁民を支配する豪族で、どの勢力にも属していなかった。戦いの帰趨を見極めないで、一方の側につくのは危険なことでもあり、中立の立場をとっていた。

御船は、

「皆の者、今聞いたとおりである。何かいい考えはないか」

と叫んだ。

各自の考えがいくつか出された後、磐井が言った。

「御船様、五日ほど時間をください。天草君に助力して頂きやすいような条件をつくってきます」

御船が、

「どうするつもりだ」

と尋ねた。

「急ぎ筑紫に戻り、筑紫海《つくしうみ》の海人部隊を三十隻五百人ほど連れて参ろうと存じます。立ち戻ったら、三角様と私を海人部隊を率いたまま、天草君のところへ派遣してください」

五日後磐井は、海人部隊を引き連れて帰ってきた。

天草君は、隼人との戦に筑紫国からの援軍が加わっていることを知り、海人部隊の助力を約束した。

再度軍議が開かれ、上陸する際の配置と、戦いの具体的な作戦が話し合われた。

上陸作戦の一番手は、益城が率いる部隊二千人となった。上陸して足がかりをつくったら、石割の部隊千五百人が二番手として上陸し、以下順次各部隊が上陸することが提案された。そして、各自意見があれば、自由に述べてよいということになった。

まず白髪が言った。

「海からの上陸は、一度にはできませんので、険しい山道ですが、徒歩部隊を陸路から送ってはいかがでしょうか」

この意見は採用され、陸路を五百人の部隊が、芦北に向かうことになった。リアス式海岸となっているこの海岸は、山地が海まで迫っており港も少なく、大部隊が一度に上陸できる地点がないのでこの提案となったのである。陸路部隊は、後に「三太郎の険」と呼ばれる難所を少人数で越えることに決定した。

次に、磐井が提案した。

「これだけの海人部隊、陸戦部隊が芦北郷に入れば、芦北君は御船様に帰順されると思います。私は、さらに南に向かい隼人の支配地である水俣郷《みなまたのさと》に入り、隼人の補給と退路を断ちたいと思います」

御船は、そこまでは考えていなかったが、圧倒的な海人部隊の力を考えると危険性は少ないと判断し、水俣郷への攻撃を許可した。

四月二十日正午前、双方の海人部隊が交戦した。天草の海人部隊が加わったことで、数に勝る肥国海人部隊が、じりじりと優勢となり、夕方には隼人海人部隊は総くずれとなり、南方に逃れた。船が破壊され、海中に残された隼人の海人たちは、殺さず助ける方針がとられていたので、三百人ほどの海人が助けられ、宇土郷に送られた。

翌二十一日、磐井は、筑紫海人部隊とともに敵地水俣郷に上陸した。

隼人守備部隊は、肥国部隊の攻撃を予測していなかったことと、海人部隊が壊滅していたことにより、ほとんど抵抗できずに上陸を許した。しかし守備部隊五百人の抵抗は激しく、その日はほとんど進軍できなかった。

磐井は、夜襲に備えるため、かがり火を一晩中焚かせ、清水とともに翌日以降の作戦を練った。

「清水、噂には聞いていたが、隼人は想像以上に強い。敵地でもある。何か対策を立てないと苦戦するな」

「騎馬は圧倒的に我が部隊が多いので、何とかいい方法はないでしょうか」

「そうだ、騎馬部隊と弓部隊を使って敵を分断しよう。最初に弓部隊を使い、敵を萎縮させる。次に騎馬部隊を一斉に突出させ敵を分断する。少人数になった敵を大勢で囲み攻撃を加え、生け捕る。敵は我が部隊の三分の一である。少しでも減らせば、打撃は大きいであろう」

清水も賛成し、翌四月二十二日、作戦は実行され、成功した。

この日の戦いは終日続いた。午前中には、五十人ほどを捕虜にしただけであったが、午後には隼人の指揮系統が乱れた。夕方までに、新たに五十人を捕虜にできたほか、隼人の拠点となっている館の制圧がほぼ終わった。

磐井は、夕方部隊をまとめ、野営の準備をさせるとともに味方の損害をまとめさせた。報告によると、死者五人、戦闘不可能な負傷者四十人と、磐井の予想以上に損害が大きいことがわかった。

磐井は、清水などの主だった者を集めて、次の作戦を練るため、皆に諮《はか》った。

「敵の兵士は、残り四百人ほどと思われる。山間部の砦に後退しているが、無理に攻めれば犠牲者が増えるばかりである。何かよい方策はないか」

清水が、

「いったん和睦したらどうでしょうか」

と言った。

「それは考えてみた。そのためにどうするかが問題だ。何かいい知恵はないか」

武将の柳瀬《やなぜ》が、提案した。

「捕えている隼人の兵士に今回の戦《いくさ》の原因を尋ねてはいかがでしょうか。何かわかるかもしれません」

柳瀬は、石割とともに永く各地で戦ってきた経験があり、若い磐井たちの相談役としてつけられていた武将であった。

磐井が、

「いいところに気づいた。先頃の軍議では、隼人が突然大軍で侵攻した理由が不明ということであったが、隼人の兵士に聞けばわかるかもしれない」

と言い、軍議は中断された。

道案内につけられていた隼人の言葉をよく理解する肥国兵士が、原因を探った。原因は、不知火海の漁をめぐるものであった。

肥国側の漁民《りょうのたみ》が、隼人支配下の水俣郷沖まで進出し、困った隼人側の漁民が隼人の王に泣きついたのが発端であった。

かねてから火君勢力の南下に危機感を持っていた隼人王が、十分に作戦を立てて侵攻したのであった。磐井は、それを聞いて急な和議は無理だと判断した。

軍議が再開されると磐井は、

「急な和議は無理である。力攻めも得策ではない。明日休戦の使者を送ろう」

と方針を決定した。

支隊同士の和睦は無理であったが、互いに戦いの無謀さもわかっていたので休戦は成立した。また、隼人兵の捕虜が一人も殺されずにいたことも幸いしたようである。

磐井は、すぐに宇土郷の御船のもとに水俣郷平野部の制圧が終了したこと、百人の兵士を捕虜にしたこと、休戦が成立したこと、隼人侵攻の原因等々の報告を行った。

一方芦北郷に向かった本隊は、四月二十一日、上陸作戦を開始したが苦戦を強いられた。隼人部隊は、火君御船部隊の攻撃を予想して防衛線を敷いていた。

第一の防衛線は、上陸を阻止するため、佐敷川《さじきがわ》口にある港にあった。狭い港には、上陸阻止のため土嚢《どのう》が高く積まれ、弓部隊と槍部隊が配置されていた。

第二の防衛線には、芦北君の館があてられており、二重三重の土嚢が積まれ、騎馬部隊の侵入を阻止するように作られていた。

益城は、隼人部隊の強さを見るために上陸を試みたが、弓部隊の攻撃が激しく容易に岸には近づけなかった。対策を立てず、このまま上陸しては損害が大きくなり、上陸後の戦いが不利になると判断してすぐに部隊を海上に引かせた。

隼人部隊は、肥国部隊を撃退し、勝鬨《かちどき》の声を挙げた。

益城は優れた将軍であった。無策の上陸作戦を中止し、海人部隊を指揮する白髪と三角を呼んで相談した。

「白髪、何か方策はないか」

白髪は、以前から考えていたらしく、即座に答えた。

「港が狭いので、川からも上陸してはどうでしょうか」

三角が、

「川を使えば上陸は可能ですが、隼人部隊は多数です。我々の部隊のみで上陸すれば、犠牲が大きくなると思われます。何か手だてはないでしょうか」

と尋ねた。

白髪が、

「海人部隊の長《おさ》も呼んでみましょうか」

と益城に尋ねた。

「海のことだ、海人にきこう」

海人部隊の長が呼ばれ、長が提案した。

「七千五百人の兵士を一気に上陸させてはいかがでしょうか」

「川を使うといってもこの狭い港から、全部隊の上陸は無理のように思えるが」

「隼人の海人部隊はいませんので、自由に海と川を利用できます。全部隊の上陸は可能です。しかし五日ほどの時間が必要です」

「準備に五日もかかるのか」

「準備は、物資運搬用の船や筏まで動員すれば一日でできますが、川を広く使うには大潮で潮が川の上流までさかのぼるのを待たねばなりません」

「大潮のことは知っていたがそんなに違うのか。そなたの指示どおりに作戦を実行しよう」

四月二十六日十一時頃、大潮の潮が満ち始める時間をねらって上陸作戦が始まった。

まず白髪・三角の率いる肥国海人部隊百隻千五百人が、港の中心に上陸を始めた。この海人部隊は、無理をせず矢の応酬をしながら、時間かせぎをした。ほどなくして、天草君配下の海人部隊五十隻六百人が、港の周辺より上陸をはじめた。

隼人方部隊は、隼人部隊四千人と芦北君の部隊千人の合計五千人であった。隼人部隊は、芦北君《あしきたのきみの》館《やかた》、球磨《くま》へ通じる山城防衛にも兵力を千人割いており、上陸阻止には四千人が配置されていた。

隼人守備部隊は、さすがに強く、全力で防戦したので容易に上陸できなかった。そのうち潮が川の上流まで満ちはじめた。肥国海人部隊は、潮にのって上流へ上流へと進んだ。

隼人の守備部隊は上陸を阻止するため、上流部へ移動をして防衛線は伸びきった。伸びきった時、中央から物資運搬船に乗った陸戦部隊六千人が一斉に上陸をはじめた。肥国海人部隊の防御には、川沿いに展開している隼人精鋭部隊があたっており上陸は容易にできなかった。しかし、防衛線が伸びきっていたために、弱い部分ができていた。それは、港正面の一角を守る芦北君部隊であった。芦北君部隊は、もともと火君に従っていたのが、隼人の大軍侵攻によりやむなく隼人側についており戦意に乏しく、大部隊が上陸をはじめると、戦わずに上陸させた。

また、ほぼ同時刻、白髪の提案していた山越えの別働隊五百人もようやく到着し、徐々に芦北郷に入りはじめた。

二方面からの攻撃により、隼人の防衛線全体が崩れ、夕方までに上陸作戦は終わった。

隼人部隊は上陸阻止が困難と判断すると、芦北君の館に後退し、館の防衛に備えた。

上陸作戦が終わった二十七日、水俣郷の磐井より清水が使いとして派遣され、益城に報告した。

「上陸作戦は成功しました。水俣郷の中心にある館を確保しています。味方の損害は大きくありません。隼人兵百人を捕虜にしています。今回の隼人侵攻の原因は、不知火海の南部水俣郷の漁にありました。現在は休戦しています」

益城は、磐井の報告と、隼人部隊の防御態勢をみて、御船のもとに使いを送った。力攻めで、館の攻略はすぐにできるが、相当の犠牲を覚悟する必要があること、山城攻略は短期間ではできそうになく、消耗戦になることが予想されたからである。

五月に入っても、隼人の陣地は破れなかった。

五月二日、御船からの遣いが来て、「磐井部隊の水俣郷撤退と、隼人部隊の芦北郷撤退を条件に和睦の交渉に入れ」という内容を伝えた。

五月三日、益城は和睦の交渉を始め、交渉には白髪をあたらせた。

隼人部隊長は、休戦には応じたが、和睦には応じず、芦北郷の領有を主張した。

五月四日の交渉で、隼人部隊長は、水俣郷が磐井率いる筑紫軍に占領されていることを知ると、本国に使いを送ることに同意した。

五月五日、和睦の交渉団が、隼人兵士の道案内で薩摩隼人の本国へ出発した。交渉団には、白髪・三角父子と水俣郷より加わった清水の三人があてられた。

五月九日、交渉団は隼人王に面会し、白髪が隼人王に挨拶した。

「白髪です。初めてお目にかかります。御船の名代として和睦のお願いに参りました。同行しているのは、私の息子三角と筑紫国磐井様の部下清水です」

隼人王は、

「遠路ご苦労であった。早速部下を交渉にあたらせよう」

と言った。

隼人王は、すでに芦北、水俣郷の隼人の遣いが帰っており、状況把握はできていた。

白髪は、隼人の一方的な侵攻についてはふれず、率直に詫びた。

「交渉受け入れ、ありがとうございます。水俣郷沖の漁については、私どもの漁民に非があると磐井様より報告を受けています。そのことは深くお詫びいたします」

隼人王は、この言葉に感動し、

「和議の条件をあとで提示せよ。明日交渉をしよう」

と約束した。

五月十日、和議が成立した。

内容は、①芦北郷、坂本里方面の隼人部隊の撤退、芦北郷火君支配の確認。②水俣郷よりの筑紫部隊の撤退、水俣郷隼人支配の確認。③水俣郷漁民の沖合での漁の保証。④隼人海人部隊の捕虜三百人及び水俣郷隼人兵捕虜百人の解放であった。

この和議は、肥薩両国にとって満足するものであった。肥国は、不安定であった芦北郷を完全に影響下におくことができ、一方薩摩隼人も水俣郷を影響下におくことが承認されたからである。これ以降、隼人と肥国は友好関係に入った。

五月二十日、各部隊は、宇土郷に凱旋し、早速、慰労会と祝勝会が執り行われた。慰労会は、二十一日、小隊長以上が招かれて開かれ、百人以上の宴となった。

冒頭、御船が挨拶した。

「皆のもの、ご苦労であった。今からは隼人の侵攻はなくなるであろう。本日は無礼講である。ゆっくりくつろいでくれ」

大会戦だった割に死傷者が少なかったこともあり、盛大な会になった。

参加した小隊長たちは、「益城様の采配は見事であった。これで宇土郷は安泰である」と、今回の遠征軍の将軍であった益城を称えた。御船をはじめ参加者一同が満足した。

翌五月二十二日、部隊長クラス以上で祝勝会が開催された。この会では、戦についての各自の意見が出され、益城の采配と磐井の作戦が、話題の中心となった。

宴が進んだところで、御船が磐井にねぎらいの言葉をかけた。

「今回の戦功第一は磐井様であるようだ。水俣郷の占領がなければ和睦には至っていないであろう」

「ありがとうございます。しかし、益城様の指示がなければ、何事も始まっておりません」

磐井は、姉の夫である益城の働きが嬉しくてたまらなかった。

磐井たち筑紫部隊は、二十四日の早朝帰路についた。

二十五日、磐井は八女郷に到着すると、嶽八女と隈井に戦の報告を行った。二人は、磐井帰国の前に、火君御船から報告がされており、状況把握はできていたが、報告を聞いてあらためて今回の磐井の派遣が正しかったと思った。紫雲媛も同席していたが、息子の活躍に目を細めた。

柚子姫

九月五日、十六歳となった磐井《いわい》は、大分君国東《おおきたのきみくにさき》との約束を果すために清水《きよみず》とともに大分郷に向かった。一行には、五十人の騎馬部隊、三十騎の荷駄部隊、白木《しらき》一族支配下の工人二十人も含まれていた。

途中、生葉郷《いくはのさと》に立ち寄り、吉井の館で磐井が挨拶した。

「昨年はありがとうございました。本日は豊国《とよのくに》に向かう途中ですが、お礼に立ち寄らせていただきました。筑紫海《つくしうみ》の海産物を少々お持ちいたしましたのでご賞味ください」

吉井が言葉を返した。

「昨年は磐井様のおかげで面目が立った。昨年と比べて一段とたくましくなっておられるようであるな。ところで隼人との戦いは大変なご活躍だったと聞き及んでいる。ご苦労であったな。夕餉《ゆうげ》も準備しておる。今日は、兵士ともども生葉郷に宿泊してくれ」

磐井は、事前に「挨拶に立ち寄る」との遣いを送っていた。遣いを受けた吉井は、夕餉の準備をして待っていたのだった。

宴になると、吉井は上機嫌で隼人との戦いや隼人軍の様子などを質問した。磐井と清水が、上手に答えるので宴は盛り上がった。

翌朝、一行は豊国に向かい、日田郷《ひたのさと》に入ると国東の部下三人が道案内に来ていた。昨年六月と同じ行程であったが、今回はゆっくりとしていた。景色を眺める余裕もあった。

磐井は、広々とした緑の高原や高地の農村地帯が妙に新鮮に感じられた。空には鳶《とんび》がピーヒョロロ、ピーヒョロロと鳴きながら飛び、民の家の近くには雀が群れていた。高原には牛や馬なども放たれており、八女郷《やめのさと》とは全く異なる景色であった。

玖珠郷《くすのさと》では国東配下の豪族玖珠君万年《はね》の歓迎を受け宿営した。

九月十日、一行は大分郷《おおきたのさと》に到着した。磐井と清水は、まず大分郷での宿舎になる館に案内され、伴も各自の宿舎に入った。荷駄部隊三十騎以外は、一年間大分郷にとどまり、豊国の訓練を受けたり技術指導を受けることになっていた。荷駄部隊は、大量の米、粟、猪の肉、梅干し、葛等々の食料と、石製品や武器を運んできていた。

隈井《くまい》は、磐井の豊国訪問が決まったとき、国東に長期滞在を依頼していた。磐井が国東の孫、柚子《ゆず》姫《ひめ》と結ばれることを願うと同時に、上膳県《かみつみけのあがた》の鉄や銅の精錬技術を身につけるため、工人派遣を考えたからである。

磐井と清水は、宿舎に入ると身体を流すように言われ、湯殿に案内された。八女郷にはないもので驚いていると、宿舎に案内した童《わらべ》が説明した。

「近くの別府里《べっぷのさと》には、自然と湯が沸いていますのでこのようなものがありますが、これは磐井様たちのために特別につくられたものです。温かいお湯を入れておりますのでどうぞお使いください」

二人は木製の湯船につかり、ゆっくりとくつろいだ。

晩餐会は、騎馬部隊、工人たち、荷駄部隊、磐井と清水らと四つに分かれてもたれた。

磐井と清水が招かれた晩餐会は、大分君一族と側近が参加しており全体で三十人ほどであった。二人の席は中央に設けられ、両側に国東と臼杵が座った。

皆が着席すると国東が、

「磐井・清水、よく来てくれた。今日の晩餐会は家族と家族同様のものばかりである。ゆっくりとくつろいでもらいたい」

と言った。

磐井も挨拶をした。

「磐井です。昨年の御笠《みかさ》様と吉井様の和睦に際しましては、国東様をはじめ多くの方々に大変お世話をおかけしました。今回はまた大勢で訪問し、一年間滞在させていただくことになりました。よろしくお願いいたします」

臼杵《うすき》が「さあ始めるぞ。酒を持て」と命じ宴《うたげ》が始まり、すぐに国東が言った。

「磐井、隼人との戦いの武勇伝は聞いているぞ。なぜ水俣郷《みなまたのさと》を攻めることを考えたのか」

「隼人部隊が長期戦を覚悟していると判断しましたので、最終的に和睦交渉に入る際に隼人の支配地を占領しておくのがよいと思ったからです」

国東は、戦の経験のない磐井の天性の戦術眼に驚いた。

今度は臼杵が清水に尋ねた。

「清水、隼人との戦いの模様を説明してくれ」

「隼人はかなり手強い相手でした。一対一で戦うのであれば、こちらが劣勢だったと思います。磐井様の判断で、多数の騎馬部隊で相手を分断する作戦をとりました。大勢で相手を囲み百人の隼人兵を捕えることができました。館を占領したあとは、山城を攻めると犠牲が出ると判断し、休戦いたしました」

臼杵は、

「そちたちは戦上手であるな。感心した」

と言って誉めた。

しばらくして、臼杵は、

「皆の者もそれぞれ挨拶をせよ」

と自己紹介を命じた。各自が立って年長者より自己紹介が順に行われた。

臼杵の後継者とされている鶴崎《つるさき》王子の番になった。

「鶴崎です。今回の訪問を心から歓迎します。私は、上膳県《かみつみけのあがた》で筑紫より来ている工人たちに銅や鉄の精錬現場を案内し、一年間の技術指導の手配をするようになっています。また、隼人との戦いの様子をもっと詳しく伺いたいと思いますので是非機会を作ってください」

次に柚子姫が立った。

「柏子です。御二人の案内は主に私が行うように命じられています。よろしくお願いいたします。約二カ月の日程で、各地をまわり上膳県に帰るつもりです。お二人が退屈されないよう一生懸命案内します」

姫の歯切れのいい自己紹介を聞きながら、磐井は、姉胡桃姫と雰囲気が似ているのに驚いた。今年十五歳になったという姫は、瞳をきらきらと輝かせ、二人に微笑みかけながら自己紹介を終わった。姫は、面長な整った顔をしており、背丈は女性にしては少し大柄であった。

晩餐会は和やかに終了した。

九月十一日の朝食は、宿舎の一室に準備され、鯖飯《さばめし》、ゆで卵、魚の干物、汁物等々が並べられていた。

また高坏《たかつき》が二つ並べられていた。一方には水が注がれていたが、もう一方は空で、そばに薬草らしき物が数本置かれていた。磐井、清水の二人は、顔を見合わせた。初めての物があったからである。

磐井がまず尋ねた。

「これは鯖のようであるがどうして食べるのか」

給仕をしている童が、

「これは鯖飯と言います。柚子姫様が考えられましたものです。鯖を酢につけ、お米を中にはさんだものです。お米にも味が付けてあります。そのまま食べられて結構です」

と説明した。

大分郷東部の沖合では、鯵《あじ》、鯖がよく捕れ、生で食べても美味しいことからこの食べ方が考えられていた。

現在では、佐賀関《さがのせき》半島沖の鯵、鯖は「関アジ」「関サバ」としてブランド化され、全国的に知られるようになっている。また、鯖寿司は保存がきくことから、海より離れた内陸の特産ともなっている。

清水も尋ねた。

「これは卵であるがどうして食べるのか」

童が説明した。

「これは卵をゆでたものです。中は固くなっています。あとで私が殻をむきますので、そのまま器にある塩をつけて食べてください。別府里の者が、古くより湧き出ている湯で、ゆでて食べていたのが広がったものだそうです」

磐井がまた「この草は何か」と尋ねた。

童が説明した。

「これはセンブリという薬草です。お湯で煎じて飲むものです。腹の調子がよくなるということで、お后様が薦められています。お食事のあとで煎じますので、どうぞお飲みください。でも、非常に苦いものですから口に合わなければ無理されなくても結構です」

二人は、まず鯖飯を食した。美味だった。

磐井は、

「うまい」

と思わず叫んだ。

清水も、

「こんな食べ方もあるのか。鯖は今まで食したことはあったが、この食べ方は初めてだ」

と言った。

ゆで卵も干物も汁も残らず平らげ、二人は食べ過ぎて、動くのがおっくうな状態になった。

問題はセンブリだった。少し飲んでみるとあまりの苦さに目をつぶった。しかし、何事も経験だと思った二人は、やや大きい高坏に煎じてあった湯を飲み干した。だが、しばらくして口の苦みがとれてくる頃には腹の調子がよくなった。

センブリは、千振とも書き「千度振り出してもなお苦い」の意味の薬草である。わが国の高原に自生しているリンドウ科の二年草である。古くから干して乾燥させ、健胃剤として利用することから、「医者倒し」とも呼ばれた。

食事が終了してしばらくすると、国東から館に来るようにとの使いが来た。国東の館にはいると国東と臼杵が待っていた。

二人は、

「お早うございます。昨日は大変ありがとうございました」

と挨拶をした。

「二人とも昨夜は眠れたか。今から今後の予定を説明しよう。臼杵、説明を頼む」

臼杵が説明した。

「騎馬部隊五十騎の訓練は明日から大分郷で始める。大雨、大風以外は毎日一年間続けることにする。ただし、初夏と秋の農作業の忙しい時期二カ月間は、農作業を手伝ってもらいたい。なお、訓練は津久見が担当するが、いかがかな」

「それで結構です。農作業も豊国の進んだところを学ばせてください」

と磐井が答えた。

臼杵が続けた。

「工人二十人は、上膳県にて、鉄の精錬所で働きながら技術を磨かせることにしたい。なお、監督は鶴崎が行う予定である。どうだろうか」

磐井は「お任せします」と言ったあと、

「若い経験の浅い者ばかりですが、一年間でものになるのでしょうか」

と尋ねた。

「さすがは磐井様だ。いいところに気づかれる。一年間では無理だと思うので、何年いてもよい。独身ばかりを派遣してあるから、隈井様もそのように考えておられるのだろう。

さて、お二人だが、大分郷で三日間ほど父上の案内で政《まつりごと》の様子、軍事訓練、農作業等々をみてもらったら、あとは本年度いっぱい柚子姫に各地を案内させようと思う」

と臼杵が説明を続けた。

一時間ほどの打ち合わせが終わると、臼杵は、上膳県へと帰った。国東は、早速二人を執務をしている部屋へ案内した。そして「今日は一日この部屋にて、豊国の政をみるがよい」と命じた。

「承知しました」と二人は応えた。

普通、政の中枢を他国に見せることはない。国東は、隈井を信頼していたし、磐井と柚子姫の結婚も近いと判断していたので、孫娘の婿を教育したかったのである。

執務室は、そう広い部屋ではなかった。部屋の一段高い上座に敷物があり、国東が座った。下の段に大刀を持った武者が二人控え、その反対側に二人が何も持たずに座っていた。下段にはいくつかの敷物があった。磐井と清水は、武者の横に座った。

ほどなくすると、いずれかの遣いと見える者が入ってきて、敷物に座り深々と礼をした後、報告した。

「臼杵郷《うすきのさと》から参りました。七月半ば、嵐にみまわれましたが、木が倒れ道路をふさいだ程度で被害はほとんどありませんでした。稲の実りも順調です。また、今回は貝類の干物を十袋持参いたしました。

墳墓の築造は、順調にいっております。佐伯《さいき》様が打ち合わせがあるので年内に足をお運びいただきたいとのことです。磐井様と柚子姫様ご訪問の準備は整っております」

「ご苦労であった。佐伯には、稲の収穫が終わりしだいに訪問すると伝えてくれ」

このような要領でこの日八人が報告した。

執務が終わると、国東は二人に夕餉を一緒に食べるように勧めた。

夕餉をとりながら、国東は二人に言った。

「今日のことで何か尋ねたいことがあれば遠慮なく申せ」

磐井が尋ねた。

「国東様の下段で黙って控えておられた二人の方は何をされていたのですか」

清水がさらに、

「二人の方は時々交代していたようですがなぜですか」

と尋ねた。

「よいところに気づいた。あれは記憶者《きおくしゃ》である。各国にも語り部は置かれていると思うが、私はそれとは別に記憶者をつくり政の詳細を整理させている。記憶者が交代しているのは役目を分けているからである」

磐井は「これはよい方法だ」と思った。

九月十四日からは、柚子姫が各地を案内した。姫には護衛の兵三十騎と津久見の部下三人が同行した。

最初の目的地は、臼杵郷であった。

この日は、快晴であった。九月半ばとはいえ、日中は暑くなることから、早めの八時出発となった。

柚子姫は、乗馬が得意であったので、磐井と清水にも馬が用意され、一行全員が騎馬で出発することになった。早くから柚子姫を磐井の嫁にと考えていた臼杵は、磐井の母紫雲媛《しうんひめ》が乗馬を得意としていたことを知っていたので、柚子姫にも幼い頃から乗馬訓練をしていたのである。

出発に先立ち、柚子姫は兵士として参加させている侍女二人に命じて、下痢や腹痛に効くという小さな薬袋を一行全員に配布させた。

乗馬した柚子姫は、長く伸びた髪が風にゆれ、凛々しく美しかった。柚子姫は、磐井と清水のそばに来て出発する旨を告げると「全員、出発」と抑揚のある声で号令をかけた。

一行は、二時間ほど進み、山地に入る前に短時間の休憩をし、山道に入った。さらに一時間以上かかって、ようやく峠と思われるやや平らな場所に着いた。ここでは馬を休息させるため長い休憩をとり、各自、竹筒に入れた水を飲んだ。

柚子姫が、磐井の所へ来て、竹筒と土器を差し出し言った。

「磐井様、筑紫より土産にいただいた葛湯です。珍しくはないかもしれませんがどうぞ。私は初めて飲みましたが、美味しくいただきました。磐井様と清水様が豊国におられる間に、作り方を教えて下さい」

「葛湯を飲むと疲れがとれる。ありがたくちょうだいしよう。残念ながら、私は作り方は知らない。清水はどうか」

「私も駄目です。椎后様をはじめ、筑紫の女たちはほとんど作れます。磐井様、筑紫に遣いをやり、何人か女たちを呼び寄せたらどうでしょうか」

磐井と清水が飲みはじめると、柚子姫が話を続けた。

「呼び寄せていただくのは恐縮ですので、豊国の方から出かけて教わるように父に頼んでみようと思います」

磐井が尋ねた。

「朝、出発前に渡された小さな袋には薬が入っているとお聞きしましたが、どういうものでしょうか。また、旅をするときにはいつも持参なさるのですか」

「御輿草《みこしぐさ》を乾燥させたものです。下痢、腹痛などおなかの調子をすべてよくする薬です。個人が持参することはありますが、今回は私が全員に渡しました」

磐井は、豊国では薬草がよく研究されていると思った。

御輿草は、現在ではゲンノショウコと呼ばれている薬草のことである。飲むと現に効果があり、証拠がみられ「現の証拠」ともいわれる。

休憩が終わると、一行は南の方角に山を下り、四時前には臼杵郷に到着した。

臼杵郷は、十年前までは、臼杵が経営していたが、臼杵が上膳県の経営に専念するようになると、津久見一族に支配が任されていた。

一行は宿舎に案内され、ほどなくすると二人を囲んでの小宴が用意された。参加者は、柚子姫と侍女、津久見の息子佐伯《さいき》と妻、二人の子供、側近等々であった。

宴に先立ち磐井が挨拶した。

「皆様初めてお目にかかります。磐井と清水です。よろしくお願いします。今回は、豊国にて一年間お世話になることになりました。臼杵郷でも数日間勉強させていただきます」

佐伯も挨拶した。

「磐井様、姫様はじめ皆様方、臼杵郷までよく来ていただきました。心より歓迎致します。ここにおりますのは、私の家族と部下の野津《のづ》です。姫様の音頭で宴を始めます」

柚子姫の音頭で宴が始まり、宴は和やかに終わった。

翌日の見学は、臼杵郷で築造中の墳墓より始まり、柚子姫が説明しながら質問した。

「この墳墓は、国東様の墳墓です。築造開始より五年ほど経っています。八女郷にも墳墓がつくられているとお聞きしましたが、八女郷の墳墓と比べてどうですか」

磐井が答えた。

「八女郷の墳墓はほぼ完成しています。大きさはほとんど変わらないようです」

磐井は、墳墓をみながら「豊国は平地が少ないのにどうしてこんなに大きな墳墓が造れるのだろう」と考えていた。

その日の見学が終わり、夕餉となった。夕餉をとりながら、磐井が質問した。

「あれだけの墳墓を造るのには、相当の人数が必要だと思いますが、どこから動員されているのですか」

「豊国には、山地部にも平地が広がっていますので、玖珠・竹田・由布郷《ゆふのさと》などの山地部からも動員しています。明日から少しずつ案内いたします」

清水も尋ねた。

「昨夜夕餉の時にでていた何かを煎じたものがありましたが、何を煎じたものですか」

姫の侍女が説明した。

「あれはドクダミです。豊国では身体によいことから以前から飲まれています」

柚子姫は、三日目から、竹田郷、佐伯郷などの農村地帯を案内した。

磐井は、山間部に広がっている整然とした田や、用水路づくりの様子を見学しながら、八女郷の黒《くろ》木平《ぎだいら》や北川内平《きたがわうちだいら》と比較していた。豊国は、筑紫国と比べて広い平野が少ない分、小規模ではあるがよく開発されていると感じた。

また、竹田郷では用水路づくりを行っている工人や農民《のうのたみ》の多さに驚き、質問した。

「用水路づくりの工人や農民が非常に多いように思えますが、この地にはこんなに多くの人が住んでいるのですか」

「今年は、竹田郷の田拓き用水路づくりを進めるのが、国東様の方針です。豊国各地より農民と工人が、応援のためこの地に集まっています」

磐井は、計画的に田拓きが行われているのを感心しながらその説明を聞いた。

九月三十日、一行は臼杵郷を後に玖珠郷へ向かい、十月三日、玖珠郷に到着した。

玖珠郷では、早速玖珠君万年《はね》主催の歓迎の晩餐会が開催された。玖珠君万年は、国東に従っているが、玖珠・由布・日田郷などを支配する大豪族であった。

三十人ほどの座席がもうけられ、磐井と清水は中央座席に案内された。膳には、鯖飯、猪肉、兎肉、魚の干物、栗、果物等々が並べられていた。

着席がすべて終わると、万年が挨拶をした。

「磐井様、清水様、このような山里までよく足をお運びいただきました。今日はゆっくりおくつろぎください。柚子も案内ご苦労であった。皆も柚子の来るのを楽しみにしておったぞ」

磐井がお礼の挨拶をすますと、万年は「さあ、はじめるぞ。酒をもて」と言い、酒や飲み物が注がれると「皆はじめよう」と言って高坏を口に運んだ。

酒が入ると万年は上機嫌で言った。

「磐井様、清水様、武勇伝をお聞かせください」

磐井が苦笑いをしながら応えた。

「少し大袈裟になっています。誰が伝えたのですか」

「隈井様よりの早馬が来て、水俣郷の休戦の様子を伝えた。また、その後豊国より筑紫に派遣していた遣いも詳細に内容を知らせたのだ」

と万年が言った。

清水が話題を変えた。

「ところで、海より遠く離れたこの地で鯖飯とは驚きました。よく食されるのですか」

「ご存じないかもしれないが、これは柚子が考えた食べ方である。鰺や鯖の塩物や干物は、以前から玖珠郷にも少しはもたらされていた。柚子の母は、私の姉である。柚子、磐井様と清水様に説明いたせ」

柚子は少し顔を赤らめながら説明した。

「酢につけた鯖とご飯を一緒に食べたら美味だったので、酢を混ぜたご飯を鯖の中に入れただけでございます」

「柚子のお陰で、玖珠郷では農民も時折鯖飯を食べられるようになった」

清水がすぐに尋ねた。

「それはどういう意味ですか」

万年《はね》は得意げに続けた。

「この地方では昔から高原に野生するセンブリという薬草が飲まれていた。豊国では他にもドクダミ、御輿草、フツ等々いろいろな薬草が飲まれてきた。しかし、センブリは腹の調子をよくする薬としてはもっともよい。

柚子のすすめで、センブリを海辺の里に運び、代わりに鰺鯖などの塩物が大量に玖珠郷にもたらされるようになった。柚子の偉いところは採り方まで民に教えているところだ。全部抜いてしまうと無くなるので、一年に採るのは半分以下と決めさせている」

磐井は、柚子姫のただならぬ才覚を知り、心から尊敬した。

十月は農作業の忙しい時期である。磐井たちは一カ月玖珠郷にとどまり農作業の手伝いをしながら、農作物、有用な樹木、薬草などのことを学ぶことになった。

すべて柚子姫の計画であった。柚子姫はきわめて庶民的な性格で、常日頃から民の幸せを考えていた。磐井の訪問が決まると、自分の夫になる磐井に民の暮らしを理解してもらいたいと考え今回の計画を立てたのであった。

磐井も柚子姫の意図がわかり、民の生活の様子を理解しようと努めた。

玖珠郷に滞在した一カ月の間に二人は互いに愛し合うようになり、二人だけで行動することもあった。

十一月一日、一行は、紅葉した山々をみながら玖珠郷を後にした。

大分郷に帰ると、柚子姫は、二カ月間のことを国東に報告した。国東は、柚子姫が目で磐井に確かめながら報告するのをみて満足した。

連合王国会議

大分郷《おおきたのさと》に帰った日の夜、磐井《いわい》は、清水《きよみず》にある考えを話した。

「清水、今回はよく勉強させてもらっている。筑紫国《つくしのくに》は先進的だと思っていたが、すべてがそうではないようだ。互いに進んだところを学び合ういい方法はないだろうか」

「工人や農民《のうのたみ》を互いに派遣し合ってはどうでしょうか」

「それはそうだが、上に立つものが理解しないことには先に進まない。今回の訪問のような方法ででできないだろうか」

「豊国《とよのくに》にいる間に方策を考えましょう」

十一月五日快晴の朝、大分郷を後にして一行は、上膳県《かみつみけのあがた》に向かった。

昼頃別府里《べっぷのさと》に到着すると、柚子姫《ゆずひめ》は、

「今日は別府里に宿泊します。午後は自由行動にしますので、各自ゆっくりくつろいでください」

と一行に知らせた。

その後、磐井と清水のそばに来て、

「磐井様は私が案内します。清水様は百合姫《ゆりひめ》に案内してもらってください」

と言った。

百合姫は万年《はね》の娘であった。清水を気に入った万年は「清水が気に入れば百合姫を嫁にしてほしい」という旨の遣いを八女郷《やめのさと》、大分郷双方に送り、国東《くにさき》と隈井《くまい》の了解を取り、一行の玖珠郷《くすのさと》出発に際して、百合姫を同行させていたのである。

清水は、出発前日その旨を知らされ驚いたが、一カ月間に姫と接する機会は多く、好感も持っていたので成り行きに任せていた。

柚子姫は、湯気が立ち上る温泉を徒歩で案内した。まわりの山々はモミジや楓などが一斉に紅葉し、湯気でそれが遮られる場所もあり幻想的な景色を作り出していた。

案内しながら姫が尋ねた。

「私はここのお湯にはいるのが大好きです。八女郷にはございますか」

「筑紫国にはいくつかあるようだが、八女郷にはあるような無いような。深田より少し離れたところに少し温かい湯はあるようだ。しかし湯に入るようなことはない」

しばらく歩くと、木の柵と茅でまわりを囲った大きな小屋が四棟とやや小さめな立派な小屋が一棟建てられていた。

小さな小屋の前に来ると、柚子姫が言った。

「私たち専用の湯殿です。磐井様、先に入ってください。私は外でお待ちします」

磐井は、待たせるのを気の毒に思ったが、先に入って後で姫にも入ってもらえばよいと思って、

「お言葉に甘えて先に入らせてもらおう」

と答え湯殿に入った。

湯船には湯があふれていた。底は、粘土で固めた上に小石を敷き詰め、湯船のまわりには円い大きな石が並べられ、一角に植えられた萩が紅紫色の花をつけていた。磐井は、首まで身体を湯に沈めた。湯がやわらかで疲れが一挙にとれるように感じた。

ほどなくすると、清水が入ってきた。百合姫もやはり湯殿に案内したらしかった。

「湯はいいなあ」

清水がしみじみと言った。

「八女郷にも湯殿をつくろう」

と磐井がつぶやいた。

「どこにそんな所がありますか」

と清水が尋ねた。

「深田より少し下流の船小屋《ふなごや》に少しだけ温かい湯が湧き出ている。それを沸かそうと思う」

と磐井が答え、二人の会話が続いた。

「それはよい考えだ。ところで昨夜の話の続きだが、政《まつりごと》をする立場の者が参加するとなると容易ではないだろう」

「いっそ、場所を決めて連合王国すべての国が一同に集まったらどうでしょう」

「それが一番よいと思うが、可能かどうかが問題だ」

「戦《いくさ》など特別なことがなければ可能と思う。臼杵《うすき》様に相談してみよう」

「姫たちをあんまり長く待たせるわけにはいかぬ。身体を流すとするか」

二人は、十分に湯を楽しみ湯殿より上がった。

外で待っていた姫たちに磐井が言った。

「いい湯でしたので、ついつい長くなりました。お二人ともどうぞ湯殿へ」

柚子姫は、

「私たちはいつも入っていますので今日は控えましょう。案内を続けましょう」

と答えた。

「お二人ともお疲れでしょう。どうぞ入ってください」

と清水が言った。

百合姫が、

「柚子姫様お言葉に甘えましょう」

と答え、二人も湯に入ることになった。

しばらくして、二人は上気した顔で湯殿より上がってきた。洗った黒髪が陽に映え上気した顔が美しかった。磐井と清水は、思わず二人の姫に見とれていた。

十一月六日早朝、玖珠君の土産を積んだ荷駄三騎も合わせ四十騎で出発し、夕方四時頃には上膳県に到着した。前日に出発の予定は伝えられていたので、臼杵は歓迎の晩餐会を準備していた。

晩餐会は、一族と側近に限られ少人数で催され、宴が進むと臼杵が尋ねた。

「磐井様、柚子の案内での豊国の視察、成果は上がったでしょうか」

「勉強になることばかりでした。竹田郷の田拓き、薬草のこと、玖珠郷での農作業等は大変参考になりました。

ところで臼杵様、清水と二人で考えたことですが、他国に滞在すると大変勉強になります。筑紫連合王国の各国代表が一同に会して情報交換をしたり、お互いの進んだところを学び合うようなことはできませんか」

「できるだろう。今までも相互訪問はしておったが一同に会した方が成果が大きいかもしれない。私は賛成だ。父にも話しておこう」

宴が進み、酒が入り上機嫌となった臼杵が言った。

「磐井様、大切なことを聞き忘れていた。柚子は気に入ってもらえただろうか」

磐井はちょっと困って柚子姫の顔を見た。視線が一斉に柚子姫に向かった。柚子姫の白い顔がほんのり紅くなった。

磐井は、あらためて言うことではないだろう思ったが、答えないわけにもゆかず「私には過ぎた姫です」と答えた。

翌日から、工人たちが働きながら修業している鉄精錬所の視察に移った。初日は、臼杵が自ら精錬所を案内した。磐井は、清水山《きよみずやま》山麓の精錬所は見ていたが、多多良川《たたらがわ》下流の精錬所を見ていなかったので、ここの精錬所が斬新なものにみえた。二日目以降五日間、磐井は、一日中この精錬所にいて、精錬の様子を視察した。

十一月十三日、柚子姫が、磐井の所にきて、

「二日間この上膳県を案内しようと思います」

と伝えた。

その日、柚子姫は薬を作ったり、貯蔵をする小屋を案内した。初めてである磐井は、興味深く見学

した。クチナシ、センブリがびっしりと干して下げられていた。また、薬草から採った薬が入れられている小さな土器がびっしり並べられていた。驚いたのは、早くも葛《くず》の原料カンネカズラの根が大量に集められていたことであった。

見学後、柚子姫は、

「今日の夕餉《ゆうげ》は私と一緒にとっていただけませんか」

と頼んだ。

「私一人か」

「はい。清水様は百合姫様方と一緒に夕餉をとられます」

二人はその足で姫の館の一室に入った。夕餉の準備はすでに整っていた。侍女が、温かい汁物を運んできて退出すると二人きりになった。

姫とは、気軽に会話をする仲になっていた磐井であったが、あらためて二人だけになると感情が高まり、沈黙が流れた。しばらくして、柚子姫が、意を決したように言った。

「食事が冷えます。召し上がってください」

「頂くことにしよう。これは栗飯のようであるが、私の大好物だ」

ようやく磐井の口が開いた。

「玖珠郷で栗を一緒に拾ってもらったときには、尋ねておりませんでしたが、栗は八女郷にも多いのですか」

「八女郷にも栗は多い。胡桃《くるみ》姉によく連れられて拾ったものだ」

「胡桃姫様の噂は聞いておりますが、詳しく教えてください」

「姫のように庶民的で賢い方だ」

「磐井様はお口が上手」

たわいもない会話を続けて食している間に夕餉は終わり、膳が下げられ、葛湯等の飲み物だけになった。

磐井が宿舎に帰ろうとしていると、柚子姫が突然そばにより小さい声で、

「今晩は、柚子のそばにいてください」

と言った。

磐井は、迷った。

柚子姫も初めてではあったが、とまどっている磐井に気づき、もう一度、

「私のそばにいてください」

と言った。

磐井は返事をする代わりに、姫をしっかりと抱きしめた。二人は別室に移り一夜が明けた。

翌朝、やや遅い食事が終わると、急に臼杵からの遣いが来て告げた。

「磐井様、臼杵様が呼んでおられます。急ぎ館まで足をお運びください」

磐井は、一瞬、柚子姫と一夜を共にしたことを咎められるかと思った。しかし、それだけで朝から

遣いが来るとも思えず「何かあったのかもしれない」と思いながらすぐに館に向かった。館には、清水も来ていた。

臼杵が話しはじめた。

「磐井様、急ぎ八女郷に帰ってもらわねばならぬ。昨日夕方、隈井様よりの遣いが来た。嶽八女《たけやめ》様の具合がよくないということだ。すぐに危ないという容態ではないようだが、食が進まず今年の冬を越すのが厳しいかもしれないということだ。

昨夜報《しら》せようとも思ったが、せっかく柚子と二人で夕餉を楽しんでいると聞き、今になった。また、嶽八女様が、磐井様と柚子の結婚を楽しみにしておられるらしいので、急ぎ準備をして私たちも八女郷に向かうことにした。なお、訓練中の騎馬部隊は磐井様と一緒に帰国させる。工人たち、清水様にはここにとどまっていただき、初期の目的を遂行していただきたい」

話を聴きながら、磐井はすべてをのみこんだ。

「わかりました。本日出発します」

と答え、さらに、

「柚子姫が心配していると思いますので私から事情を話して参ります」

と言った。

臼杵は、磐井のその言葉から、二人の深い関係を察知した。

磐井は、急ぎ上膳県を出発し大分郷へ向かい、騎馬部隊五十騎と合流し、八女郷へ向かった。一行は、十一月十八日には八女郷に入った。

磐井は、隈井に帰国を報告すると、その足で隈井とともに嶽八女の寝所を訪れた。

横になっていた嶽八女は、磐井が帰国したのを見ると起きあがった。

「ただ今帰りました。お元気な顔を見て安心いたしました」

と磐井が言った。

「無理を言ってすまない。わしの命のあるうちに磐井の嫁の顔を見たくて隈井に無理に頼んでしまった」

「そう弱気になられては困ります。豊国より数多くの薬をお持ちしました。ぜひ試してください」

磐井が持ち帰った薬は、予想以上に嶽八女を回復させた。センブリは特によく効いた。嶽八女は、飲みはじめると食がすすむようになり、十二月には散策するまでになった。

十一月二十五日には、豊国から柚子姫の一行五十人が到着して、婚礼の準備に入ったことも嶽八女の気力を回復するのに役立った。

磐井は柚子姫が到着すると、嶽八女に姫を紹介した。

「私の妻になる柚子です」

「嶽八女様、初めてお目にかかります。柚子です。よろしくお願いします」

嶽八女は、目を細めて言った。

「柚子姫よく来てくれた。これで思い残すことはない。ところで柚子姫、そなたが磐井に持たせてくれた薬は実によく効く。最近では食もすすみ、歩けるようになった」

結婚披露の宴《うたげ》は、嶽八女の健康が回復したこともあって、翌年の一月十日と決まり、披露宴の案内が筑紫連合王国の各国や吉備《きび》王国、新羅《しらぎ》などに出された。

十二月六日、磐井は、隈井とともに嶽八女のところを訪れてある相談をした。

「相談があります。筑紫連合王国の会議を時期を決めてもったらどうでしょうか。私と清水は肥国《ひのくに》と豊国を訪れ、長期間滞在しましたが、実に多くのことを学ばせていただきました。いずれの国にも各々進んだところがあります。個別の交流だけではなく、一同に会して、意見交換や進んだところを学びあったらどうでしょうか。そうすれば、それぞれの国の結合も強まり、発展にもつながると考えました」

黙ってうなずきながら聞いていた嶽八女が満足そうに話した。

「隈井も一緒に来ているところを見るともう決めているのであろう。そのことは、私も前々から考えていたことだ。賛成だ。若いのに二人は偉い」

明けて、一月五日、臼杵が五十騎の荷駄部隊を引き連れて、百騎で八女郷に到着した。この日前後から、各国の披露宴参加者が続々と八女郷に到着しはじめていた。八女郷は、まるで戦場のように人であふれた。

一月七日、磐井と柚子姫は、親族二十人が見守るなか、筑紫社《つくしのやしろ》で式を挙げた。社《やしろ》の境内の一角で、山茶花が、二人の結婚を祝うかのように紅い花をつけ始めていた。

一月十日、正午より深田迎賓館で披露の宴が始まった。参加者は、豊国から臼杵と后など十人、肥国から六人、筑紫国の各県、吉備王国の代表、新羅慈悲王《じひおう》の名代などで、磐井の親族を含めて百人ほどであった。筑紫社の式には参加していなかった嶽八女も参加し、石割《いしわり》の進行で宴が始まった。

「ただ今より磐井様と柚子姫様の結婚の披露の宴を執り行います。まず磐井様の父隈井様よりご挨拶をお受けします」

隈井夫妻、臼杵夫妻、磐井と柚子姫が立った。

「皆様方、本日は息子磐井と柚子の結婚披露の宴に、遠路駆けつけていただき誠にありがとうございました。筑紫、大分一族を代表して心よりお礼を申し上げます。二人は去る七日筑紫社にて結婚の儀を無事終了して参りました。二人を私たち同様末永くご指導ください。今日は、粗酒粗肴《そしゅそこう》ですが、筑紫国を挙げて準備させていただきました。ゆっくりご歓談ください」

その後、来賓の紹介が行われ、火君菊水《ひのきみきくすい》、新羅慈悲王の名代、吉備王国代表の三人が祝辞を述べた。

宴は、夕方五時まで続いた。磐井と柚子姫は来客たちに挨拶をしてまわった。

五時になると、いったん宴は終了し半数以上は退席したが、主立った者は残り、火を焚いて深夜まで交流は続いた。宴に参加していない従者達にも、それぞれの場所で膳と酒がふるまわれた。

翌一月十一日、磐井と柚子姫は、肥、豊国をはじめとする従者達の披露宴に参加した。従者達は、連合王国将来の指導者磐井や柚子姫と一言でも言葉を交わそうと、次々に二人の所へ来て挨拶をした。二人は、連合王国を担う者たちに心からの礼を言った。

丁度同じ時間帯に、隈井の呼びかけで別の会議も開かれた。磐井と清水が考えた連合王国会議を具体化するためであった。

会議には、筑紫一族より隈井、御笠《みかさ》、石割、豊国より臼杵、津久見、万年《はね》、肥国より菊水、御船《みふね》、三角《みすみ》、的臣吉井《いくはのおみよしい》と息子橘田《たちばんだ》、水沼君有明《みぬまのきみありあけ》等々十五人が参加した。

隈井が趣旨を説明すると参加者一同が賛成した。会議の途中に臼杵が「これは磐井と清水の発案であり、豊国訪問の際私にも相談があった」と口をすべらせたため、翌日は磐井も参加させることになった。

一月十二日は、親族への披露が予定されていたが一日延期され、第一回の連合王国会議となった。

参加者は、各国の考えを自由に述べることになった。

「会議に参加するのは何人がよいだろうか。会議の日数も決めねばならぬ」

御船が切り出した。

「多ければ多いだけよいであろうが、会合に適した人数もあるので難しいな」

と御笠が言った。

自由な意見交換が一時間ほど進み、場所は各国持ち回りと決まり、内容の話に移った。それまで黙って聞いていた最年少十三歳の橘田が言った。

「磐井様の発案ということですが、磐井様はどうお考えでしょうか」

橘田は、一昨年の紛争の際に見せた磐井の手腕と人間性を父吉井から聞いており、磐井を深く尊敬していたためこのような発言になったのであった。

磐井は発言しないつもりであったが、皆から促されて考えを述べた。

「私と清水の肥国と豊国での経験から、最低十日間は必要だと思います。人数は各国二十名程度で、各国代表者に政《まつりごと》のことを話し合っていただき、他は軍事、農作業、精錬、土器づくり等々に分かれ技術交換を行ったらどうでしょうか」

この発言でほぼ内容は決まった。第二回目は、肥国の当番で山鹿郷《やまがのさと》にて翌年四月に行うことになった。

葛子

披露宴は、翌日よりさらに三日間続いた。八女郷《やめのさと》の主立った者、親族、磐井《いわい》側近の若者達への披露であった。

婚礼行事が終わり、平常の生活に戻った夕餉《ゆうげ》の時のことである。柚子姫《ゆずひめ》が急に倒れた。紫雲后《しうん》がすぐにそばに寄り額《ひたい》に手を当ててみると火のように熱かった。

紫雲后は「これはただごとではない。磐井、すぐに床の準備をしなさい」と叫んだ。磐井が気が動転しておろおろしていると、「あなた達の部屋まで運ぶのです」と命じた。

柚子姫は「大丈夫です」とは言ったが、そのまま気を失ってしまった。

「病長《やまいのおさ》の手配をいたせ」と隈井《くまい》が命じた。

ほどなく、病長が駆けつけた。丁寧に柚子姫を診た病長が説明した。

「極度の疲れが原因の病です。額を水で冷やし、絶対安静が必要です。風邪も併発しているようです。熱が下がるかどうかが問題ですが、熱が下がったら御輿草《みこしぐさ》を煎じたものと葛湯《くずゆ》を飲ませてください。葛湯は、飲み物としてもよいのですが、私が試したところでは、風邪を治す薬ともなるようです」

柚子姫は、昨年九月に磐井と清水の案内を始めてから今日まで、ほとんど休まずに緊張した日々を過ごしていた。その疲れが出たものと考えられた。紫雲后は、無理をしないようにたびたび注意していたが、柚子姫は多忙で休めなかった。

磐井は、一晩中、一睡もしないで介抱した。翌朝になると、柚子姫の熱はいくらか下ったが、まだ眠ったままであった。昼頃、病長が来て、再度柚子姫を診て説明した。

「熱がいくらか下がりましたので峠は越したようです。夕暮れ時までにはお目覚めになるでしょう」

しかし、夕暮れになっても柚子姫は目を覚まさなかった。磐井は心配した。紫雲后が入ってきて
「夕餉をとりなさい。交替しましょう」と言った。その時である。「うう」と少しうめき声あげて、柚子姫が目を覚ました。

磐井が、柚子姫を見ると、目ではっきりと磐井を見て口を動かした。

「ありがとうございました。心配をおかけしました」と言ったようだった。

磐井が「大丈夫か」と声をかけると、柚子姫は、にっこり微笑んでうなずいた。紫雲后が「薬は飲

めますか」と尋ねると、柚子姫はうなずき、薬を飲むとまた眠った。

翌日柚子姫の熱は下がり、薬は飲んだが食事はできなかった。ただ葛湯だけは飲んだ。

この日も病長《やまいのおさ》が診察に来た。姫を診た後「胃腸が弱っています。御輿草を欠かさず飲んでください」と言って帰った。

それから一週間、柚子姫は食事を受けつけなかったが、葛湯だけは飲んだ。

紫雲后は、磐井を別室に呼んで言った。

「磐井、容態から診て、もしかすると柚子姫はおめでたかもしれません」

「どうしてですか」

と磐井は驚いて尋ねた。

「なんとなくわかるのです。大切にしなければなりませんね」

と后が答えた。

十日ほどすると、柚子姫はようやく軽い食事ができるようになった。

病長は「柚子姫様の病は葛湯が治したようです。それから姫様はおめでたのようです」と話した。

二月半ばになると、柚子姫の様態はすっかり回復した。

二月二十日、磐井は、柚子姫を好きな湯に入れるため、船小屋《ふなごや》へ案内した。磐井は、隈井に頼み、船小屋に別府里《べっぷのさと》の湯殿をまねて同様な湯殿を作っていた。

湯殿に着くと、磐井が言った。

「十人は一緒に入れる。侍女と一緒に先に入れ」

「あなたから先にどうぞ」

「私は何度も入っておる。先に入れ」

結局、柚子姫が先に入った。湯殿に入った柚子姫は、湯殿の立派さに驚いた。

湯船には、底に小石が丁寧に並べてあり、まわりに並べられている石も自然の石ではなく丁寧に加工が施されていた。また湯殿の内側には竹、モミジ、萩、山茶花《さざんか》なども植えられ、景色も楽しめるように作られていた。湯はぬるぬるとして柔らかで、別府里の湯と同様であった。姫は、故郷に帰った気分になりゆっくりと湯につかっていた。あまり長くなったので、侍女が心配して言った。

「磐井様がお待ちです。そろそろ上がりましょうか」

「あまりに気持ちがよいのでついつい忘れていました。そうしましょう」

湯殿から上がった柚子姫が磐井に尋ねた。

「ゆっくり入らせていただきました。新しい湯殿でしたがいつ作ったのですか」

「別府里の湯殿を参考にして、昨年豊国《とよのくに》から帰って急ぎ作らせた」

「湯はどうされたのですか」

「少しだけ温かい湯が出ていたので、それを沸かしている。まだ一棟だけであるので今年は農民《のうのたみ》用の湯殿を作る予定である。気にいったようだな。また案内しよう」

帰路、柚子姫が磐井に頼んだ。

「明日、白木里《しらきのさと》に案内していただけませんか。葛作りなどをみたいと思います」

「身重なのに大丈夫か」

「大丈夫です。病長《やまいのおさ》からも無理をしない程度に身体を動かした方がよいと言われています」

翌日は白木里の見学に出かけた。

この日より二十日間ほど経過した三月九日、嶽八女が六十五年の生涯を閉じた。当時としては長寿であった。

遺体は、木の棺に入れられ筑紫社《つくしのやしろ》まで運ばれ、その死は連合王国各地に知らされた。

筑紫社には筑紫一族全員が集まり、その死を悼んだ。喪主である隈井と親族は、その日から肉類を一切断ち棺の傍らで過ごした。同時に死者を弔うために、一族縁者達が、棺の前で一緒に飲食をし、歌を唄い踊った。この催しは二十日間続いた。筑紫連合王国各地から集まった弔問客も続々と加わり、弔問客は五百人を超えた。

筑紫社での死を悼む喪儀が終わると棺は八女郷に戻され、石人山の古墳に埋葬された。故人が寂しくないように愛用の剣、弓、鐙《あぶみ》、翳《さしば》、鏡、装身具の他猪などの動物埴輪等々おびただしい副葬品が一緒に葬られ、石人も数体埋葬された。また、古墳の前には、二体の石人が古墳を守るように立てられた。古墳に植えられた山桜が、嶽八女の生涯をたたえるように満開となり、うす桃色の花を咲かせていた。

ここでもまた、筑紫社で行われたように、十数日間、鐘や太鼓をたたきながら、歌や踊りが繰り広げられた。

　桜が葉桜に変わった四月十四日、死者を悼む喪儀は終わった。

　葛が、紅紫色の花を咲かせている十月十日、柚子姫が男子を出産した。

「和子誕生」の知らせを受けた磐井は、大急ぎで柚子姫の産所に向かった。磐井が姫のそばに寄ると姫は、にっこり微笑んだ。

　磐井は、

「大変であったろう」

と柚子姫に声をかけた後、産所に詰めていた紫雲后をはじめとする女達に、

「ご苦労をおかけしました。ありがとうございました」

と礼を言った。

　しばらくすると隈井も駆けつけた。

　隈井は、

「丈夫そうな和子だ。磐井、早速臼杵《うすき》様に遣いを出そう」

と言った。

　そしてほどなく産所を離れた。詰めていた女達も席を外したので二人きりになった。

　磐井と柚子媛が話しだした。

「和子の名前を考えねばならぬが」

「私は葛が好きでございます。病気も治してもらいました。花も好きです」

「わかった。母から名前の末尾に子をつけると立派な人物になると聞いたことがある」

「葛子《くずこ》ですか」

「そうだ」

「よい名前ですね」

かくして、磐井の長男は葛子と命名された。

三

磐井の大和留学

晩秋の飛形山

白井の伽耶派遣

磐井《いわい》には、椎姫《しいひめ》の息子である白井《しらい》という一歳年下の弟がいた。

磐井が十九歳の四七九年一月二十日、大和の雄略大王《ゆうりやくおおきみ》より隈井《くまい》のもとに遣いがきた。

遣いは「伽耶《かや》諸国の一角にある任那《みまな》の大和館《やまとやかた》の護衛として筑紫国《つくしのくに》からは三百人の部隊を出して欲しい」と伝えた。

当時、任那の大和館は、大和王権の朝鮮半島における出先機関で通商・外交拠点となっていた。そのために、大和王権部隊が常駐していたが、部隊の大半が大和以外の筑紫・吉備《きび》諸国等々からの応援部隊であった。筑紫連合王国諸国も、伽耶諸国との通商のため、出先機関を置いていたので、やむなく応援部隊を出していた。

筑紫連合王国各国とも打ち合わせる必要があるので、遣いは待たされた。

一月二十五日、隈井は磐井、白井、石割《いしわり》、清水《きよみず》等々の側近を集め、連合王国の代表とともに会議を開き、きりだした。

「連合王国全体で千人の部隊派遣の要請が来た。断るわけにもいかないだろうが、問題は派遣部隊人数と部隊長の人選である。各自自由に考えを述べよ」

肥国《ひのくに》の益城王子《ましきおうじ》が言った。

「伽耶諸国は、きわめて情勢が不安定です。千人程度で任務が果たせるとも思えません。筑紫連合王国以外にも部隊派遣が要請されていると思います。最低三千人にはなるでしょう。問題はなにか事が起きたときの統率です。私は、筑紫一族より部隊長を出して欲しいと考えています」

隈井は、

「他に考えはないか」

と皆を見渡し、異存がないことを確かめると、

「今回の部隊長は白井とする」

と発表した。

皆は磐井と考えていたらしく、顔を見合わせた。これに気づいた隈井は、説明を加えた。

「磐井は大和に留学させることが決定しており、二月には出発させることにしている。磐井に代わる者であれば白井しかいない。なお副部隊長は石割としたい。次に派遣人数であるが考えを述べよ」

磐井が考えを述べた。

「部隊長は、白井であれば申し分はないと思います。派遣部隊は最低でも筑紫国だけで千人は必要です。他の諸国と同数の部隊であれば統率がとれません」

隈井が最終的に方針を決定した。

「今回の派遣部隊は、筑紫国のみで千五百人、他の諸国は大和王権の要請どおりとする。出発は三月

一日とする。白井、決意を述べよ」

磐井同様やや大柄な白井が、全体に通る涼やかな声で決意を述べた。

「今回の決定を心より嬉しく思います。筑紫連合王国の名に恥じないように全力で任務の遂行にあたりたいと思います。部隊の犠牲者を出さないように、早めに物事に対応することを第一に考えて行動いたします。

派遣要請は一年ではありますが、追加の要請がくることが考えられますので、各国とも一年後の交代要員も考えておいて欲しいと思います。私は折角の機会ですから工人等も一緒に連れて行きたいと考えております。各国とも希望されればそうなさるとよいかと存じます」

各国の代表は、白井が風貌だけではなく思考方法まで磐井と似ていることに驚いた。白井は十八歳であったが、磐井と行動を共にしているうちに思考方法も似てきており、磐井同様有能であった。

豊国《とよのくに》の津久見《つくみ》が、

「白井様の派遣は事前に話してあったのですか」

と隈井に尋ねた。

隈井が、

「否、あの場が最初である」

と答えた。

津久見は、

「隈井様は、優れた王子様ばかりお持ちでうらやましい」

としみじみと語った。

一晩中考えた白井は、部隊の編成、渡航方法、現地での行動方針を石割に説明した。

「派遣部隊千五百人のうち直属部隊は百人、残り千人を農民の兵《のうのたみ》、四百人は今まで動員したことがない農民以外の狩猟民《かりのたみ》、工人たちを動員して部隊編成を行いたい」

石割はこの部隊編成が農民の負担を減らすためとは思ったが、

「工人、狩猟民を動員するのはなぜですか」

と尋ねた。

「理由は二つある。一つは当然ながら農民の負担を軽くすることである。今一つは工人や狩猟民に見聞を広げてもらうためである」

「工人はわかりますが、狩猟民はどこから動員しますか」

「すべて八女郷《やめのさと》東部の狩猟民を動員したい。帰国したら、その者たちを使って八女郷東部黒木平《くろぎだいら》、北川内平《きたがわうちだいら》を中心に水路を作り田を広げようと思う」

石割は、甥の白井に磐井同様の先見性を感じ満足した。

三月一日、準備を整えた筑紫連合国の部隊三千人は二隊に分かれ、筑紫海《つくしうみ》と糟屋《かすや》の港より渡航した。

三月十五日、派遣部隊は、任那の大和館付近に部隊を集結させ任務に就いた。守備隊は、大和や吉備よりの部隊を併せて五千人であった。

三月十八日、白井と石割は、大伴博村《おおとものはかむら》長官より呼び出しを受け、命じられた。

「新羅《しらぎ》軍が金官伽耶《きんかんかや》との国境《くにざかい》に軍を集結させているという知らせが入った。筑紫部隊三千人を率いて国境防衛に出陣して欲しい」

「承知しました」

と白井が答えた。

新羅軍は、国境に集結し金官伽耶の動きを観察していたが動かなかった。

三月二十一日、白井の部隊が到着して布陣すると新羅軍は撤退した。

この時期、新羅は慈悲王の晩年だったが、智証皇子《ちしようおうじ》が専ら政務を担っていた。智証皇子は、白井を部隊長とする筑紫の派遣部隊の存在を把握し、その部隊の備えを観るためにわざと国境に部隊を集結させてみたのである。白井部隊を観ただけで「これは侮《あなど》れない」とその力を判断した皇子は、直ちに撤退したのであった。

四月になると大和にいた百済《くだら》の末多王子《またおうじ》が百済に帰り、東城王《とうせいおう》として王位についた。

四月二十五日、白井は大伴博村長官より呼ばれ、命じられた。

「高句麗《こうくり》が王位継承の隙をつき百済に侵入した。部隊三千人で百済を救援して欲しい」

翌二十六日、白井は百済へ向けて進軍し、二十八日、宮殿のある熊津《くまなり》に布陣した。

その日、白井は、東城王に呼ばれ、側近より高句麗軍侵入についての説明を受けた。

「高句麗の侵入部隊は約二万人で騎馬部隊が中心です。百済軍の防衛部隊は約一万人であり、新たに各地から動員中です。現在は宮殿中心に防衛線を敷き、籠城体制をとっています」

この説明を受けた白井は「撃退は困難である」と判断して石割と作戦を練った。

白井が言った。

「兵数が劣っている。それに敵は騎馬部隊が中心ということだ。すぐに撃退するのは無理であろう。新羅が動いてくれれば何とかなるが」

「百済軍は弱体化しています。筑紫部隊が奮戦しても厳しい戦いとなるでしょう。白井様が言われるように新羅に高句麗国境に軍を動かしてもらったらいかがでしょうか」

「新羅が動いてくれるだろうか。それに大伴長官は新羅嫌いとも聞く」

「負けて百済が滅ぼされるよりましでしょう。私が急ぎ立ち戻り、大伴長官に話してみましょう。新羅の智証皇子とは古い友人ですので遣いには私が行きます」

石割は早速任那に向けて出発した。

白井は熊津に残った。百済軍と白井の派遣部隊が攻勢に出ずに宮殿を守備をしているので、敵は攻めあぐみ、十日間ほど戦線は膠着した。

五月九日、白井は東城王の宮殿を訪れ、ある提案をした。

「守備ばかりでは士気が低下します。攻撃の許可をください」

「それはそうであるが、負けた場合には致命傷となろう」

「私の率いている派遣部隊のみで決行します。負けないように奇襲をかけ、ある程度の戦果が出たら引きあげてきます」

王は最終的に攻撃を許可した。

白井は、許可されると小部隊長たちを集めて方針を説明した。

「王より攻撃の許可を得た。我々派遣部隊三千人で敵に奇襲をかける。戦いは一時間ほどで引きあげる」

小部隊長の一人が尋ねた。

「数万の軍勢と戦って勝てるのですか」

「数万の軍勢と戦うわけではない。我が部隊は敵の弱いところを一斉に衝くので三千人以上の敵と戦うことにはならない。一時間で引きあげるのは、援軍に囲まれないためである。それに作戦を立てているので勝利は間違いない」

「どのような作戦ですか」

「雨の日、早朝に奇襲をかける。夜は警戒されているに違いないが、朝ならば敵も油断しているであろう」

「雨の朝というのはなぜですか」

「雨の日であれば、雨の音で近づくのが発見されにくい。それにある工夫をする。馬の足に藁《わら》をまき、騎馬隊の音が出ないようにする。それに歩兵には草鞋《わらじ》を二つ持たせて途中で履き替えさせる」

「勝利は間違いないような気がしてきました。早く雨が降ればいいですね」

五月二十日、夕方より雨模様になってきた。

白井は小部隊長たちを集めて命令を下した。

「この様子であれば、明日は雨であろう。明日夜明け時に本営に奇襲をかける。布陣している敵の中央にあたるが、見たところ、もっとも油断しているように見える。一時間で引くことが鉄則である。死者は出さない。戦の途中負傷した者は、仲間とともに撤退せよ。今夜のうちに朝の食事の準備をしておけ。馬の足に藁をまくことを忘れるな。草鞋も準備せよ」

翌日早朝は、夜半から降り出した雨が音を立てて降っていた。派遣部隊三千人は静かに出発した。雨の音と夜明けだったことが幸いし、敵には全く気づかれなかった。

「かかれえ」

白井が叫んだ。

一方的な戦いとなった。敵はほとんどが眠っており、混乱して逃げるのが精一杯であった。たちまち敵の兵三百人ほどを倒した。逃げた敵の武器、兵糧等は奪い取り、後方に運び出された。しかし、三十分ほど経過すると敵の部隊も体制を作り反撃に出た。戦いは互角になり負傷者も出るようになった。負傷者はすぐに後方に撤退した。

一時間は経っていなかったが、白井は潮時と考え、「ひけえ」と叫び撤退をさせた。

初陣であったが、白井は常々磐井や石割より戦いの方法や戦いの様子などを聞いていたので、戦の間合いを知っていた。白井の部隊は、数十人の負傷者は出したが、一人の死者も出さず、敵より奪った武器兵糧を持って、宮殿内に引き上げた。高句麗軍は宮殿に押し寄せ攻撃したが、城壁があるため戦果を挙げることはできなかった。

東城王はこの戦果を喜び、白井を呼んで称えた。

「白井殿、ご苦労であった。見事な戦ぶり、感服した。これで百済も面目が立った」

「ありがとうございます」

「ところで、何とか高句麗軍を撃退する方法はないだろうか」

「戦で撃退するのは無理でしょう。しかし、手は打ってあります」

「どういう手を打っているのか」

「石割を新羅の智証皇子のもとに派遣しています。新羅に高句麗国境へ軍を動かしてもらうためです。石割が帰ってくればわかります」

その日から十日経った六月二日、石割が熊津に帰ってきて、東城王と白井に報告した。

「新羅の智証様が高句麗国境に出兵してくれることを約束してくれました。ほどなく高句麗軍は撤退すると思われます」

数日後、石割が予想したとおり、高句麗軍が撤退し百済の危機は去った。

白井たちの部隊派遣は、一年では終わらず二年間に延長された。この間白井は、工人と狩猟民《かりのたみ》の兵を、伽耶諸国の王に依頼して各地に分散させ、鉄の精錬技術や田の水路づくり等を学ばせた。

二年後帰国した白井は、隈井に頼んで、八女郷東部の黒木平や北川内平を中心に狩猟民を動員して田拓きと水路づくりを始めた。

磐井の大和留学

白井たちが伽耶《かや》渡航の準備をしていた四七九年二月一日、磐井《いわい》は清水《きよみず》とともに護衛の八十人の部下達と大和への留学に出発した。

磐井は二人めの子の誕生が間近であり、清水も結婚後半年も経っていなかったのでつらい旅立ちではあったが、筑紫《つくし》連合王国発展のためには大和留学は欠かせなかった。

出発の日は、快晴ではあったが、昨夜の雪で一面の雪景色であった。

一行は、二人の妻達をはじめ多数の見送りを受けて、騎馬にて筑紫郷《つくしのさと》に向かった。

磐井は長い峰に着くと小休止を命じ、八女郷《やめのさと》一円が見渡せるところで別れを惜しんだ。南方の飛形《とびかた》山《やま》は、白一色で白鷺のように見えた。また東方には雪化粧をした八女の山々がくっきりと見えていた。長い峰南方に広がる平野も、遠くに見える深田の館も白一色であった。磐井は覚悟をしての留学であったが緊張して武者震いをした。長い峰を後にした一行は、明るいうちに筑紫郷に到着した。

一行は、御笠の出迎えを受けた。御笠《みかさ》は、今回の磐井留学の大切さを十分承知していた。

御笠がねぎらいの言葉をかけた。

「磐井、大和への留学誠にご苦労である。清水も結婚後いくらもたってないのに大変であろう」

磐井が応えた。

「ありがとうございます。叔父上にも船と海人《あま》の手配、お世話をかけました。明日、筑紫社《つくしのやしろ》に参拝の後、糟屋《かすや》の港より出発しようと思っております」

御笠は、磐井たち二人と夕餉《ゆうげ》をとりながら助言した。

「私も若いときに大和へ留学したことがあるが、大変勉強になった。しかしながら大和は争いが絶えない。巻き込まれる危険もあるので慎重に行動する必要がある」

二月二日、筑紫社の参拝をすませた一行は五隻の船で、海路大和へ向かった。博多湾を出て、玄界灘に出ると冬でもあり波は高かった。しかし、熟練した海人たちが船を操っており、航海は順調に進んだ。磐井は、荒波にゆれる船上に立ち筑紫を眺めていると、何とも言いようのない興奮に襲われた。

長門《ながと》の瀬戸を通り瀬戸内海に出た一行は、七日目の二月八日には吉備《きび》の港に入った。

吉備には、日頃の友好のお礼を述べ土産を届けるため一泊した。吉備王国で吉備上道臣尾代《きびのかみつみちのおみおしろ》より歓迎を受けた一行は、翌九日には大和へ向かった。

難波《なにわ》の港につくと一行は大和川《やまとがわ》をさかのぼり、飛鳥川《あすかがわ》と初瀬川《はつせがわ》の合流点付近で船を降り、十二日午前中には大和に入った。

大和に入ると、磐井と清水は、筑紫から来た護衛の兵と別れ、留学生用の宿舎に案内された。磐井は宿舎の様子を観察した。宿舎は広かったが、八女郷の宿舎と比較すると、作りが貧弱であった。

宿舎では、留学生三十名ほどによる簡単な歓迎の宴《うたげ》が催された。留学生は、吉備・武蔵《むさし》・越《こし》・筑紫《つくし》の国などの出身者もいたが、大和周辺豪族の子弟が大部分であった。

翌日、二人は役人に案内され宮廷に挨拶に出かけた。二人とも緊張していたが、宮殿の様子を見る余裕はあった。

宮殿はかなり広かった。柱、床、天井等々は、しっかりとした作りで、柱、天井には花鳥風月の彫刻が施されており立派であった。

宮殿の一室に待っていると、別の大きな部屋に案内され、そこには、高官が左右に分かれて十人ほど座っていた。

磐井と清水が床に平伏していると、上座から声が聞こえた。

「朕《ちん》が雄略《ゆうりやく》大王《おおきみ》である。両名とも頭を上げよ」

二人が頭を上げると上段の御簾《みす》の奥に大王と思われる人が座っていた。

「両名とも遠路ご苦労であった。筑紫国からの舎人《とねり》は久しく来ていないので楽しみにしていた。二人の筑紫での活躍は聞き及んでいるぞ。心して勤めに励むように」

二人は「ハッ」と平伏した。

続いて高級役人が「二人とも頭を上げよ」と顔を上げさせ、二人の配属を命じた。

「磐井は司法部の配属とする。清水は戦部の配属である。明日から出仕せよ」

配属の伝達が終わると役人が「大王《おおきみ》の御退座である」と声を発し、一同が平伏した。

その後二人は別室に移され、役人から翌日よりの勤めの説明を受けた。出仕時刻や礼儀作法が中心で具体的な仕事内容の説明はなかった。

二人は宿舎に帰ると緊張のためか急に疲れを感じた。

「疲れた」

二人はほぼ同時につぶやいた。そして話しはじめた。

「清水、大王様はかなり高齢と見えたが」

「たぶん七十歳は超えていられるでしょう」

「筑紫での活躍と言われたが、我々のことをどうして知っておられるのだろうか」

「おそらく筑紫のことを大和王権へ知らせているものがあると思われます」

「我々も行動を慎重にする必要があるようだな。それにしても宮殿は見事な作りであったな」

「相当の費用がかかっているでしょう」

夕餉を知らせる遣いが来たので二人は話をやめ、夕餉の部屋に向かった。

翌日、二人は同じ留学生の仲間に案内され、それぞれの部署へ別れて出仕した。磐井の出仕した司法部には五十人ほどの役人がいた。

磐井は、最初の二年間、刑罰係に配属された。一カ月は、見習い期間とされ、実際に仕事をすることはなかったが、この一カ月間に、人々の罪の内容から、大和の民の暮らしや大和の政治の問題点をいくらか理解できた。

罪は圧倒的に盗みが多く、その数の多さに驚いた。盗人は筑紫にもいたが稀であった。盗んだものは、米・芋・鶏・猪などの食物がほとんどであった。一カ月の間に二度裁かれる者もあった。磐井は、民の暮らしぶりが困窮しており、改善策が不足していると感じた。

朝出仕し、夕方早めに勤務が終わる日課は単調であった。留学生の中には、夕餉もとらずに遊びに出る者もあった。特に、大和周辺の豪族の子弟は知己も多く、出かけることが多かった。

清水は、警備という仕事柄、出仕が深夜に及ぶこともあり不規則な生活を送っていた。夕餉が一緒になった三日目の夜、磐井は清水に話した。

「身体がなまってしまう。朝食前に駆けようと思うが、清水も一緒にどうか」

「幸い私は、昼間は騎馬で警備の様子を監督したり、警備兵の訓練が仕事ですので身体はなまりませんが、もの足りません。ぜひ一緒に駆けさせてください」

翌日より、朝走るのが磐井の日課となった。

二カ月後には、磐井は刑罰の裁きを任されるようになった。磐井は、盗人には規則どおりに鞭打ちなどの刑罰を与えたが、裁きには時間をかけた。再発を防止するために盗みをしなくてよい方法を考えた。

盗みの大部分は食物であったので、盗人の暮らしの様子を聞き、食物確保の方法を教えた。冬であれば川での魚の捕り方、猪の落とし穴の作り方、芋の貯蔵方法、椎の実などの採集等々磐井が知りうるすべての方法を教えた。魚の捕り方などは、誰にでもできる簡単な方法であった。「魚は、冬には岩や石の下に身を潜めている。大きな石を持ってきて、その石に投げつけると魚が浮いてくる」と説明した。また、山芋を掘る方法なども「山芋は、秋に蔓がしっかりしている時期に棒を立てておき、冬に掘るようにすると冬でも食べられる」と教えた。刑を受けた盗人達は、感謝して帰った。

磐井のやりかたは、すぐに係全体に広まった。数カ月は目に見えた効果はなかったが、半年ほどたつと効果が現れだした。

司法部の長官は盗みが減少しはじめたのを知り、磐井の非凡さを上司に報告した。

八月、雄略大王が亡くなると、王位継承をめぐる争いが起こり、吉備稚媛《きびのわかひめ》の子星川皇子《ほしかわのみこ》が焼き殺され、清寧大王《せいねいおおきみ》が王位を継いだ。

星川皇子の救出のため出兵をした吉備上道臣尾代《きびのかみつみちのおみおしろ》は、星川皇子がすでに殺されているのを知り吉備に引き返したが、その罪を問われ鉄の産地である山部《やまべ》を没収された。

この政変を聞いた磐井は、清水と二人で政変の意味を考えた。

「清水、今回の政変は吉備尾代様を狙ったようにも思えるがどうだろうか」

「私もそう思います。幼い星川皇子が謀反を企てるとは思えません」

「吉備尾代様が仮に筑紫部隊の応援を受けようとしても、筑紫国は部隊をすでに伽耶へ送っているので動けない」

「そう考えてみると私たち二人も人質のようなものですね」

「いずれにしろ、吉備王国は衰える一方であろう」

十一月、収穫祭のため警備以外の役所が数日間休みとなった日のことである。磐井の宿舎へ遣いが来た。

「私は、的臣《いくはのおみ》一族の遣いです。筑紫の的臣吉井様より遣いが来て、主人は磐井様と清水様の留学のことを知りました。歓迎の宴を用意いたしますので館までお運びくださいとのことです」

磐井が急な申し出に驚いて答えた。

「ありがたいことである。明日は清水も非番であるので、明日伺わせていただくことにしよう」

翌日、二人は使いに案内されて的臣一族の館に出かけた。一族の長は、大和南方を支配する的臣《いくはのおみ》鹿嶋《かしま》という豪族で、二人を歓迎した。

「お二人ともよくおいでくださいました。お二人のことは、的臣吉井様より大恩人であると伺っております。今日はゆっくりとおくつろぎください」

歓迎の宴は歌や踊りなども披露され盛大なもので、二人は久し振りにくつろいだ時間を過ごし感動した。

宴の途中、鹿嶋が二人に言った。

「宿舎の生活で何か御不自由があれば、なんなりとお申し付けください」

清水が言った。

「磐井様、馬を一頭相談されてはいかがですか」

「それは無理であろう。馬を置く場所がない」

と磐井が答えた。

この会話を聞いた的臣鹿嶋が言った。

「馬は用意いたしましょう。置く場所は私が手配します」

歓迎の宴が終わり、磐井が礼を言った。

「鹿嶋様、今日は本当にありがとうございました。久し振りに筑紫にいるような気持ちになることができました。また、馬まで頂戴いたしまして感謝いたします」

数日後、鹿嶋の手配で馬が宿舎の近くに用意され、二人の生活を大きく変えることになった。勤めが非番の日には、二人で騎馬にて遠方まで出かけられるようになったからである。

大和の農村は一見筑紫と変わらなかったが、注意深く見ると、筑紫と違っていた。違いの一つは、大和の農村は、地域によって農民の暮らしぶりに差があることだった。立派な住居の多い地域と貧弱な住居ばかりが目立つ地域があった。貧弱な住居の多い地域の農民は、やせ細ってもいた。地域による差は、支配している豪族の治め方に原因があるようであった。

また大和の農民の農作業には、女性が数多く従事していた。数多くの男子が、兵士や墳墓・宮殿造営等々にかり出されていることが原因だった。

ある時、磐井が清水に言ったことがあった。

「農作業に影響が出るように民を使役するのは間違っているな。大和に盗人が多いのもこれが原因かもしれない」

これは、帰国してからの筑紫の経営に生かされることになった。

男大迹王

さて磐井《いわい》と同じ留学生の中に注目される二人の人物がいた。

一人は近江《おうみ》出身の近江毛野《おうみのけな》、今一人は越《こし》出身の男大迹王《おおどのおう》であった。

この時は知る由もないが、この二人は、数十年後磐井に重大な影響を与える人物であった。二人とも、大和には知己も多く、宿舎で夕餉《ゆうげ》をとることは少なかった。最初の二年間、磐井は二人と挨拶は交わしても親しく話すことはなかった。

三年目に入ると磐井は、非凡さをかわれ司法部での配属が変わり、判事に任命された。判事の任務は、豪族間の争いの調停・裁判であった。磐井の補佐として副判事に任命されたのが、磐井より三歳年下の近江毛野であった。

磐井の裁判のやり方は、他の判事とは違っていた。磐井は、紛争が持ち上がると口上で把握したのち、紛争現地まで足を運び双方の言い分を聞いた。裁判は公平なものであり、双方が納得する判決が大部分であった。

磐井は、大和周辺豪族の治政状況や勢力を把握をすることができるので、労を惜しまず積極的に任務を果たそうとした。大和のみならず、遠く近江や難波《なにわ》まで出向くこともあった。

毛野は、現地まで出向いて調査する労を惜しみ、この方法に必ずしも賛成ではなかったが、副判事の立場から磐井に随行した。毛野は、大和周辺の地理に明るい上に、知り合いも多く、交渉には才を発揮した。

紛争の多くが、大豪族の勢力拡張によって起こる傾向があり、公平な裁判も大豪族には不満のこともあった。

四八二年三月、ある裁判の時、常日頃から大豪族と人脈作りに腐心している毛野が心配して尋ねた。

「この案が妥当とは思いますが、平群様《へぐり》が納得されるでしょうか」

「争いごとは公平に行わないと国の乱れのもととなる。平群様とて判決には従ってもらわねばならない」

九月、毛野の出身地の近江でも紛争が起こった。野洲川《やすがわ》をめぐる争いであった。野洲川の東岸は近江臣《おうみのおみ》一族の支配地であったが、六月の大洪水により川の流路が大きく東にずれたのがその原因だった。古くから野洲川が境と決まっていたので、西岸を支配していた豪族は当然そのように主張した。従来より大きく支配地が減ることになった近江臣は納得せずに訴え出た。

紛争の処理を命じられた磐井は、毛野の案内で野洲川流域を視察した。野洲川の流路は大きく東へずれていたが、旧の河道は残っていた。磐井が旧の河道の土手に立ってみると周りより一段と高かった。

磐井は、このような川を見たのは初めてであったので毛野に尋ねた。

「川が周りより高いのはどうしてか」

「南側、鈴鹿の山々が急峻で近いため、雨が降ると大量の土砂が川にあふれ、天井のように高くなります」

鈴鹿山地は、断層山地であるため急峻で、流れ出す川は大量の土砂を堆積し続けている。このため琵琶湖周辺の平野を流れる川は、いわゆる天井川が多いのである。

磐井がまた尋ねた。

「たびたび流れは変わるのか。また、野洲川で魚を捕って暮らしている民は多いのか」

「数十年に一度流路は変わるそうです。また、この川には鮎をはじめ多くの魚がいますので、この付近の民はよく魚を捕っています」

「この旧の河道に丈夫な木を植え、ここを境と決めよう。ただし、野洲川の魚は、以前に捕っていた民が、従来どおり捕ってもよいということに決定したらどうだろうか」

「それであれば双方とも納得すると思います」

こうして、野洲川をめぐる紛争は、平和的に解決した。

磐井は毛野を弟のように面倒を見ていたため、他人からは親しそうに見えた。しかし、毛野は、磐井の公正さが大豪族の反発を招くことを恐れて磐井とは一線を画してつきあった。

顕宗大王《けんぞうおおきみ》が即位された四八五年、磐井は政治部門に配属替えとなり、男大迹王《おおどのおう》と同じ勤めをするようになった。仕事内容は、租の徴収のとりまとめ、墳墓や王宮造営の指揮であった。

磐井は、男大迹《おおど》とは気があった。考え方が磐井と似ていることや判断が的確であることがその要因であった。半年ほどすると二人はよく話すようになった。

黄金色の稲穂が垂れ、秋のとりいれが近い十月五日、磐井が男大迹に提案した。

「秋のとりいれが近い。墳墓の築造を十日間ほど中止にしたらどうだろうか」

「農民《のうのたみ》は困っているようだ。前例はないがそのように二人で長官に頼んでみよう」

翌日二人が築造の中止を申し出ると、「前例がない」と長官は難色を示した。

磐井が頼んだ。

「十日間で米のとりいれは滞りなく終わります。農民が感謝することは間違いありません。その後の工事には精を出すでしょう。ぜひ十日間の暇をください」

男大迹も頼んだ。

「計画は遅れないようにいたします」

長官はついに折れ、十日間の中止を認めた。

その翌日二人は、清水《きよみず》と毛野を誘い的《いくはの》臣《おみ》鹿嶋《かしま》の館の一室を借りて、小さな宴を持った。

酒が入り上機嫌となった男大迹が言った。

「磐井様のおかげで初めて仕事らしい仕事をした。前例ばかりで自分の考えで仕事ができていなかったので胸のつかえが下りた」

「私の方こそありがとうございました。民が潤わなければ国も成り立たないと考えますので、前例が破れてよかったと思います」

しばらくすると、鹿嶋が給仕の女を数名引き連れて挨拶に来た。

「今日はごゆっくりとお過ごしください。妻子を国元に残しておいでの方もあると存じます。女達に給仕もさせますので、なんなりとお申し付けください」

磐井が礼を言った。

「今日は宴を持たしてもらうというぶしつけなお願いをした上に、数々の御配慮をいただいてありがとうございます」

男大迹も、

「鹿嶋様、本当にありがとうございます。久し振りに美味しく楽しい夕餉を食しております。鹿嶋様も侍女の方々も一緒に加わってください」

と言った。

「私までお誘いいただいたので、遠慮なく参上致しました。以後お見知りおきください」

と毛野。

「たびたびお招きいただいてありがとうございます。今回は磐井様が無心したとか、返す返すお礼申し上げます」

と清水も礼をいった。

鹿嶋が言った。

「お二人とも的臣吉井《いくはのおみよしい》叔父の大恩人です。遠慮なさらないでください。ところで男大迹様、越の出身と聞き及びましたが父上はどのような方ですか」

「父は近江の彦主人王《ひこうしおう》です。私は、父の没後、母振媛《ふりひめ》の故郷の越にて育ちました。越では私は居候の身であるのでこのように大和でゆっくりしています」

応神大王《おうじんおおきみ》の末裔という彦主人王は、琵琶湖北岸安曇川《あどがわ》下流域の三尾《みお》に住んでいたといわれている。

鹿嶋が言った。

「父上がお亡くなりとは知らず、失礼致しました。男大迹様にはお后様がおられるとうかがっておりますが、どちらの姫君ですか」

男大迹が笑いながら言った。

「身の上話になってしまったな。越《こし》と尾張《おわり》にいることはいるが。ところで、磐井様、清水様、あなた方の奥方はどんな方ですか」

磐井が、

「これはとんだ方向に飛び火いたしました。私の妻は、豊国大分君《とよのくにおおきたのきみ》の娘柚子《ゆず》です。息子と娘がいますが、娘の顔は見ておりません」

と答えると、清水も、

「私の妻も豊国出身で玖珠君《くすのきみ》の娘百合《ゆり》と言います。息子が誕生したという知らせは来ておりますが、私もまだ顔を見ておりません」

と言った。

小さな宴は、和気あいあいの歓談のうちに終了した。

十一月二日、磐井と男大迹は、工事の遅れについて話し合った。

「男大迹様、墳墓造営の遅れを取り戻さなければなりませんが、何かよい方法はないでしょうか」

「私もそのことを考えていましたが、磐井様のことだ。対策を立てているであろう」

「朝夕に時間を少し延ばしたぐらいでは挽回できません。人数を増やす以外にないでしょう。農民に自主的に動員させたらどうでしょうか」

「磐井様、それでは早速工人の長《おさ》にどれだけの人数が必要か聞いてみましょう」

工人の長が呼ばれ尋ねられた。

工人の長は
「一カ月間、二百人の新たな人数が必要です」

と答えた。

これを聞いた二人は、農民のとりまとめ役をしている長たち十人を召集し、頼んだ。

「一カ月間、二百人ほど新たに民を動員できないだろうか」

農民の長が答えた。

「お二人には大変感謝しています。十日間の休みで今年の米のとりいれは滞りなく終わりました。お二人のためです。近くの里より何とか動員いたしましょう」

こうして十二月までに工期の遅れは取り戻された。

政治部の長官もこの二人のやり方には満足した。二人は一緒に仕事を重ねるにつれ親密さをました。造営の目途が立った十二月二日、男大迹が磐井に声をかけた。

「近日中に二人で夕餉をとりたい。また私の妻にも会ってもらいたい」

「これは驚きました。夕餉は喜んでお受けいたしますが、后様は、越と尾張ではなかったのですか」

「実は、尾張の妻目子《めのこ》は、大和にある尾張連草香《おわりのむらじくさか》様の館にいます。私が時々宿舎を留守にしているのはそのためです。尾張の草香様には遣いを出して話しておるので遠慮はいらない。清水様もご一緒においでください」

十二月十日、磐井は、男大迹に案内され、清水と二人で草香の大和館を訪れた。

館は、大和の北方、騎馬で三十分ほどの山裾の目立たない場所につくられていた。館は、大きくはなかったが、砦のように濠も掘られ厳重な作りとなっていた。宿舎とみられる建物もあり、馬を飼育する小屋も数棟建てられていた。館は、草香の側近の一人伊勢《いせ》が管理していた。

伊勢は、門まで出迎えており、磐井たちが到着すると、

「伊勢と申します。皆様方、今日はよくお運びいただきました」

と挨拶をし、館の一室に案内した。

館の一室に、五人の膳が設けられていた。膳には、粟飯、猪肉、鮒《ふな》の煮物、鮎《あゆ》や鰺《あじ》の干物、山芋、青菜等々が並べられていた。

膳は車座に並べられ、磐井を中央にして磐井の左右に男大迹と清水、磐井の前に伊勢と男大迹の側

近江三国高向《みくにたかむく》が座った。

席につくとすぐに目子媛と侍女数名が酒などの飲み物を持って入って来た。

男大迹が、

「酒を注いでくれ。始めよう」

と言った。

伊勢が挨拶をした。

「あらためてご挨拶いたします。今日は皆様よく足をお運びくださいました。主人尾張連草香も館を挙げて歓迎せよとのことです。珍しい近江の鮒も取り寄せました。ゆっくりご歓談ください」

酒が注がれ宴が始まり、しばらくすると男大迹は、参加者全員を紹介したあと、目子媛に挨拶を促し、目子媛が挨拶をした。

「本日はよくお運びくださいました。お二人のことは王より、素晴らしいお仕事ぶりであると常々聞いております。本日はゆっくりとおくつろぎください」

「ありがたいお言葉を頂戴して恐縮です。今日は遠慮なくお世話になります」

宴が進み、座がうちとけた頃を見計らって男大迹が尋ねた。

「磐井様、的臣鹿嶋様の館にお世話になった折、鹿嶋様が「お二人とも的臣吉井《いくはのおみよしい》様の恩人である」と言われていたのはどういう意味ですか」

「そう大袈裟なことではありません。十年ほど前、的臣吉井様と私の叔父御笠《みかさ》との間で川の漁をめぐる争いが起こったときに二人で和睦の労をとっただけでございます」

「磐井様、十年前といえばまだ十五歳ではありませんか。恐れいりました。ところで磐井様と清水様は、薩摩隼人《さつまはやと》との戦にも出陣されたという噂ですが、隼人の戦いぶりはいかがでしたか」

磐井は、男大迹が遠い筑紫のことをよく知っているのに驚きながらも清水に言った。

「清水の方が詳しい。清水、説明をしてくれ」

「薩摩隼人の部隊は、強敵でした。特に、弓と大刀《たち》の使い方はよく訓練されており、まともに戦っては勝てる相手ではございませんでした」

「それをうち破るとは二人ともすごいではありませんか」

今度は磐井が尋ねた。

「ところで男大迹様、立ち入ったことを伺いますが、目子媛様とはどのようなご縁で知り合われたのですか」

「私は、大和に出仕する前、越では交易に携わっており、ここにいる三国高向と二人で各地に出かけていました。近江と尾張には、交易量も多いのでたびたび訪れていました。尾張を訪れたおり、義父草香様に声をかけていただいたのが縁です」

清水が尋ねた。

「尾張は鉄を産すると聞いておりますが、鉄の交易をされていたのですか」

「筑紫の客人は何もかもお見通しのようですね。尾張に近い美濃《みの》の金生山《きんしょうざん》は多量の鉄を産します。

それを買い求めるために、たびたび訪れていました」

伊勢も話しに加わった。

「筑紫国では鉄はどうされていますか」

磐井が説明した。

「筑紫にも糟屋《かすや》などより砂鉄は産します。しかし、それだけでは不足しますので、吉備や朝鮮半島の伽耶《かや》より求めています」

男大迹が尋ねた。

「吉備と伽耶の交易量はどちらが多いですか」

磐井が、

「伽耶が七割程度を占めます」

と答えた。

男大迹が話題を変えた。

「筑紫は半島に近い。また、磐井様の母上は新羅《しらぎ》出身とも聞いています。半島の情勢を教えていただけませんか。百済《くだら》は東城王《とうせいおう》が再興されたそうですが大丈夫でしょうか」

「百済は高句麗《こうくり》・新羅双方より圧迫されています。また、王室内がまとまっていないとも聞き及んでいます。対策を立てなければ長くはもたないでしょう」

「私は越で新羅との交易に長く携わってきました。私は、新羅の力は大和王権の想像以上に大きいと思います。大和豪族の百済一辺倒の外交では危ういと思います」

このように、この日の夕餉は政局を論じあうものとなった。

三カ月後の三月二日、男大迹が再び「磐井様、今日の夕餉をご一緒にできませんか」と磐井を誘った。

出仕を終え、二人が草香の大和館に出向き、館の一室にはいると夕餉と酒が用意されていた。目子媛は汁物を運び酒を注いだ後、挨拶をするとすぐに退出した。

その様子から、磐井は何か重大な話があるのではないかと直感した。

男大迹は、

「どうぞ召し上がってください」

と勧め、自分も酒に口をつけ一杯飲んだ後、磐井に言った。

「磐井様、私は来月越へ帰国しようと思っています」

「急な話ですが、何かありましたか」

「今何か起こっているわけではないが、このまま大和にいると大和豪族の争いに巻き込まれるおそれがあります。顕宗大王《けんぞうおおきみ》の後継のことで、私にも力をかして欲しいとの相談があります。私が草香様の娘を妻にしており、近江にも知己が多いからでしょう」

「ところで男大迹様、私も男大迹様同様、大和王権の朝鮮半島政策に危惧の念を持っています。政策の変更はできないのでしょうか。

大和豪族には、政策の誤りを大王に述べるものがいない。大王様に正しい情勢を伝えたいが、私にはその機会も力もない」

「磐井様がうらやましい。磐井様には筑紫連合王国がある。私は、越に帰国したら、越の王に相談し、越・近江・尾張連合王国づくりをしようと思う。もし成功したならば、大和の豪族達にも意見を言えるようになるだろう」

「その構想はすばらしいと思います。連合王国は、北方の越の海、中央の淡海《おうみ》、南方の伊勢の海をおさえることになります。強い力を持てることは間違いありません」

淡海は、現在の琵琶湖のことであり、古くは淡い海（淡水湖）の意味で呼ばれていた。

「構想どおりの連合王国が成立し、筑紫と力を合わせれば大和豪族もかってにはできないでしょう」

四月一日、男大迹は越に帰った。

磐井の帰国

男大迹《おおど》と話をした三日後の三月五日、磐井《いわい》は清水《きよみず》と話し合った。

「清水、やっと夕餉《ゆうげ》が一緒にとれた。今日は重要な話がある。男大迹様が、四月には越に帰国されるらしい」

「やはり、大和の豪族から逃れるためですか」

「さすが清水、よくわかるなあ」

「警備をしていると豪族の動きがよくわかります。何かしら、不穏さを感じます」

「私たちも帰国する潮時だと思うが、大義名分がない」

「筑紫《つくし》より、隈井《くまい》様が病気とでもいう使いを送ってもらったらいかがですか」

「筑紫へはどういう方法で知らせたものか」

「まもなく私たちの糧食を携えて筑紫から荷駄が到着します。荷駄長には、責任ある者が選ばれているはずですから、その者に詳細に話をしましょう」

三月一六日、筑紫より荷駄が到着した。

隈井は、磐井たちの留学が長期化していたので、様子を詳しく知るため、荷駄長にはこの年十八歳になった清水の弟山川《やまかわ》を選んでいた。一行五十人は、荷駄を大和政庁に納めた後、磐井たちに会いに来た。

磐井は一行にねぎらいの言葉をかけた。

「皆の者、遠路大変ご苦労であった。私も清水もこのとおり息災にしている。一行の夕餉を準備した。本日は、ゆっくり休んでくれ」

荷駄長の山川が言った。

「ありがとうございます。お二人とも元気そうで何よりです」

一行は、磐井が準備をした夕餉をとったが、山川のみは、一行と分かれ、磐井・清水とともに鹿嶋の館に向かった。館を借りて今後の対策を立てるためであった。

館に着くと鹿嶋が出迎え、挨拶をした。

「的臣《いくはのおみ》鹿嶋《かしま》です。山川様、よくおいでくださいました。三人でゆっくりと館をお使いください」

「清水の弟の山川です。今日はお世話になります。隈井様、吉井様からもくれぐれもよろしくとの御伝言です。新しい製法でつくった高坏《たかつき》類、剣、辻金具、挂甲《けいこう》、各種の薬草、海産物等々を少々お持ちしました。どうぞ納めてください」

挨拶が終わると別室に移り、二人が、男大迹の帰国と大和の情勢について山川に説明をした。

山川が質問した。

「速く帰国された方がよいということはわかりました。帰国は簡単にできるのですか」

清水が答えた。

「大和の大王や豪族を刺激しないように帰国するには工夫がいる。早く帰国をしなければならない理由をつくる必要があるが、隈井様が考えてくださるであろう」

三人の話は短時間で終わり、鹿嶋を囲んだ夕餉を食して、三人は大和の宿舎へ帰った。

二日後、山川一行は任務を終えて筑紫へと帰っていった。この後、二人は今までにもまして出仕に励んだ。また、積極的に大和周辺へ出かけて見聞を深めることにも努めた。

四月六日、久し振りに近江毛野《おうみのけな》が磐井を誘った。

「磐井様、休みが一緒の時に私の遠縁の館へお出かけくださいませんか」

「男大迹様も帰国された。久しぶりに語らおう。伺わせていただくことにしよう」

四月十日の昼頃、磐井は毛野に案内されて、ある館に向かった。その館は、大王の宮殿の南方、騎馬で三十分ほどの所にあった。

館は、大王の宮殿と同様の広さがあり、二重の濠で囲まれ厳重な作りとなっていた。館に入る門には、兵士が四人配置されていた。

兵士に案内され館に入ると、侍女が一室に案内した。その部屋は、来客用らしく部屋の前には広い庭園があり、池も掘られ、周りには松、竹、梅、山桜などが調和よく植えられていた。山桜が満開で、うす桃色の花を咲かせ、花に混じって薄緑の葉も映えていた。

磐井は、誰の館か聞いていなかったが、清水と二人で大和各地をよく散策していたので、館に到着すると規模と作りから大連《おおむらじ》大伴室屋《おおとものむろや》の館とわかった。

部屋でしばらく待っていると若い人物が現れて二人に声をかけた。

「大伴室屋の孫の金村《かなむら》です。よくお運びくださいました。毛野は私の遠縁にあたります。早くから磐井様方の案内を頼んでいたのですが、ようやく実現いたしました」

磐井が挨拶した。

「初めてお目にかかります。今日は懇意な毛野様のお誘いでしたので、うかつにもどなたの館かも伺わずに参上いたしました。お世話になります」

金村が、

「準備を頼む」

と側近に命じ、鶏の肉、山菜など三品と杯が運ばれてきた。

侍女が酒を注ぐと金村は、

「さあどうぞ」

と磐井たちを促し飲みはじめた。

しばらくすると、金村は話しはじめた。

「磐井様、刑罰係といい、判事といい、すばらしい仕事ぶりだと聞いています。また、政治部での仕事も適切であるようにお見受けします。今日はいろいろとお聞かせください。薩摩隼人との戦にも出陣されたそうですが、今は両者の対立はないのですか」

磐井は、金村とは初対面であった。金村が、筑紫のことをよく知っているのに驚きながら、

「今は両国は友好的なようです」

と答えた。

金村は今度は清水に聞いた。

「清水様、戦部での活躍はよく伺っています。乗馬と弓は特に上手であるとか。ところで、白井《しらい》様の半島での活躍が、報告されていますが、白井様はどのようなお方ですか」

清水もびっくりして答えた。

「長く筑紫を留守にしていますので、それは存じませんでした。白井様は民思いの思慮深い方です」

会話中にも食事が次々に運ばれ、やがて満開の山桜の下で、歌や踊りが披露された。

この宴の後、清水が、

「金村様は若いようですが油断はできません。いよいよ帰国を急がねばなりませんね」

と磐井に言った。磐井は黙ってうなずいた。

一方、筑紫へ帰国した山川は、事の詳細を隈井と石割《いしわり》に報告し、隈井がすべてをのみこんで、言った。

「夏に私が病になろう。今回の大和への遣いは若い者というわけにはいくまい。石割そのつもりでいてくれ」

七月になると隈井は床に伏した。そして、政《まつりごと》は一切行わなくなった。隈井の病気はやがて大和にも知られることになった。

八月、石割は、米・粟・栗、魚の干物など大量の糧食を携えて大和へと旅立った。

八月二十日には大和政庁に出向いて、糧食を手渡した後、隈井の病気について説明し、磐井と清水の帰国を願い出た。

隈井の病のことが事前に大和王権に報告されていたので、二人の帰国は許可された。

九月十日早朝、磐井と清水は、筑紫への帰国の途についた。

七年前の往路同様、大和川を下り難波の港を目指した。難波《なにわ》の港には、筑紫より派遣されていた船三隻と海人《あま》たちが待っていた。

九月二十三日、一行は糟屋《かすや》の港に入った。筑紫郷《つくしのさと》に降り立った磐井と清水は、筑紫社《つくしのやしろ》に参拝をすませ、御笠《みかさ》の館で一泊した。御笠は、二人の帰国を心から喜び、盛大な帰国の宴を準備し、二人をねぎらった。

「二人ともよく無事に戻った。長い間ご苦労であった。大和では収穫はあったか」

磐井が答えた。

「戦備えや兵士の武器類の装備はかなり進んでいました。交易が盛んで、川や海を利用して活発に行われています。大和王権は、交易によりかなりの利益をあげているようです。稲の栽培技術は筑紫の方が進んでいるようだと判断しました」

清水も説明した。

「私は宮殿の護衛と兵士の訓練にあたりましたが、兵士の質は筑紫が上のようです。また兵士の様子から豪族間の争いが絶えないように感じました。民の暮らしぶりは、全体的に困窮しているようです」

翌日、磐井と清水は、出迎えの騎馬二十騎とともに八女郷深田《やめのさとふかだ》の館に帰った。館の前には、柚子姫《ゆずひめ》や百合姫《ゆりひめ》をはじめ大勢が出迎えに出ていたが、隈井の姿はなかった。

二人は、懐かしい顔に会釈をしながら館に入った。館に入るとすぐに隈井の寝室を訪れた。隈井は、寝てはおらず弓矢の手入れをしていた。磐井が帰国の挨拶をした。

「父上、ただ今帰りました。今回の配慮ありがとうございます」

「二人ともご苦労であった。しばらくはゆっくり休め。そうは言っても私は病ということになっている。半年ほどは政《まつりごと》をするわけにもいくまい。石割、白井と相談の上、万事取り仕切ってくれ。今日は、帰国祝の宴《うたげ》をすることにしている。私は宴には出ないがゆっくりくつろいでくれ。それに磐井の留守中にあったことで、一つ報告がある。和泉姫《いずみひめ》のことである。和泉姫は、的臣吉井様より縁談の申し入れがあり、息子橘田《たちばんだ》の后となっている」

隈井の寝所を出た磐井は、館の一角にある自分の部屋に戻り、家族に声をかけた。

「柚子、今帰った。長い間留守をして寂しい思いをさせた。子どもたちも見違えるように大きくなっているな」

柚子姫が目に涙をためながら微笑んで言った。

「お帰りなさい。元気そうで何よりです。長い間ご苦労様でした。葛子《くずこ》も今年九歳になり、留学中に生まれた藤姫《ふじひめ》も七歳になりました。さあさあ、二人とも父上に挨拶をしなさい」

「葛子です。父上お務めご苦労様でした」

「藤です。お帰りなさい」

磐井が目を細めながら言った。

「よい挨拶だ。二人とも大きくなった。どれどれ抱かせてくれ」

磐井は二人を両腕で抱き上げた。

「わあ高い」

藤姫が声をあげて喜んだ。

磐井は家族とともにゆっくりしたかったが、二人を下ろして言った。

「皆が待っているであろう。準備をしよう」

着替えをすませ、磐井たち家族は、深田迎賓館に向かった。深田迎賓館は、建物そのものは変わらなかったが、まわりに植えられているモミジ、山桜、梅、竹などが大きく生長しており、一見すると別の建物のように見えた。

宴の参加者は、磐井と清水の一族のみではあったが、柚子姫や百合姫など二人の家族、白井、石割、山川などの家族が加わり総勢三十人ほどになった。磐井が帰国の挨拶をした後、宴は談笑を交えながら数時間続いた。

翌日から数日間、磐井は、帰国の報告を部下たちに行うとともに、石割と白井から政《まつりごと》のあらましを聞いた。

日常の政以外では、隈井の陵墓の築造と、黒木平《くろぎだいら》、北川内平《きたがわうちだいら》の田拓きと水路づくりが大きな仕事であった。

磐井は、政に復帰すると精力的に政務をこなした。とりわけ、隈井の墳墓の築造には力を入れた。

墳墓は、嶽八女《たけやめ》の墳墓石人山《せきじんさん》の東五里《さと》（約三キロ〈一里は約六〇〇メートル〉）の神奈無田《じんなむた》に築造されており、隈井の希望により嶽八女の墳墓よりやや小規模なものとなっていた。隈井は、隼人侵攻時や任那《みまな》の大和館《やまとやかた》への部隊派遣、磐井と清水の大和留学での出費など農民《のうのたみ》の負担が増加していることを配慮して小規模にしたのである。

現地を視察した磐井は、規模が大きくできない以上、内容を充実させることに腐心した。石室は一部はできあがっていたが、より立派なものにするために作業を一時中断して立派な石を捜させた。また、立山山《たちやまやま》の窯元まで自ら出向き、人だけではなく猪、鶏などの動物埴輪をつくらせ、墳墓に埋めさせた。

白井に案内され、黒木平にも出かけた。黒木平の様子は、留学前とはずいぶんと変わっていた。矢部川に流れ込んでいる田代川、笠原川などの小河川より水路が引かれ、新しい田がつくられていた。

白井が説明した。

「現在、黒木平には三十戸の狩猟民《かりのたみ》が移り住みました。父上の計画では、北川内平とあわせて二百戸をまかなう田を拓くことになっています」

「誰が田拓きに当たっているか」

「八女郷東部の狩猟民を動員しています」

「父上に頼んで、筑紫国全体から民を動員し、計画を早めよう」

四　風雲

岩戸山古墳築造

大和の内紛

数年後の四九一年、九月十日から筑紫連合王国会議が、生葉郷《いくはのさと》で開かれた。三十一歳となった磐井《いわい》は、隈井《くまい》の名代として連合王国会議に参加した。会議には清水《きよみず》ら側近とともに水路づくりを指導している工人の長《おさ》たち十人、埴輪づくりをしている工人の長五人、騎馬を中心に兵士二百人も参加した。

生葉郷に到着すると、工人、兵士はそれぞれ分かれて宿泊し、翌日から水路づくり、窯元での埴輪づくり、部隊の訓練などに参加することになった。

九月十日、磐井、清水は、歓迎の宴《うたげ》に参加した。

冒頭吉井が挨拶した。

「遠路、生葉郷までご参集いただきありがとうございます。本年は隈井様が欠席ですので、私が代わって挨拶をいたします。本日は、生葉郷を挙げて歓迎の宴を用意しました。ゆっくりご歓談ください。磐井様よりも一言ご挨拶をお受けします」

磐井が立った。

「吉井様、会議を主催していただき、ありがとうございます。生葉郷は、田拓きが優れているとお聞きします。工人の長たちも多くのことを学ぶことと思います。また本日の宴、大変お世話になります」

この日の宴は、磐井には楽しいものになった。大和留学前に共に苦労した仲間と久し振りに語り合えたからであった。

翌日から会議が始まり、吉井が提案した。

「本年は任那《みまな》の大和館《やまとやかた》への部隊派遣について検討したいと思います。磐井様よりも一言どうぞ」

磐井が隈井の名代として趣旨を述べた。

「会議の議題については、各国とも忌憚《きたん》のない意見を出していただきたいと存じます。筑紫連合王国としては同一歩調で事に当たりたいと思います」

大和王権からは、近年は十数年前のような大規模な派遣の要請はなかったが、その後も隔年ぐらいで、各国百人程度の部隊派遣の要請があった。

会議が始まると、益城《ましき》が口火を切った。

「一年おきの百人の部隊派遣は負担が大きすぎる。断ることはできないだろうか」

若い橘田《たちばんだ》も言った。

「大和には伽耶《かや》諸国、百済《くだら》、新羅《しらぎ》などより貢物が送られていますが、筑紫連合王国には益はほとんどありません。大和の豪族が部隊を派遣すべきだと考えます」

二日目、解決策が話し合われ、吉井が提案した。

「部隊派遣を拒否するというわけにはいかないので、半減してもらうように大和王権に頼んだらどうだろうか」

磐井が提案した。

「派遣の人数が毎年決まっていると都合がよいので、筑紫連合王国全体で毎年百人出すと大和に申し入れたらどうだろうか。各国は四年に一回百人の派遣部隊を出すことになり、吉井様が言われるように半減したことになる」

結論は、磐井の提案どおりとなり会議は終わった。

翌日からは、生葉郷各地を視察することになった。

九月十五日、磐井と清水は、生葉郷東部の妹川谷《いもがわだに》の水路づくりを視察した。谷口付近はすでにかなりの田が拓かれ、四十戸ほどの農民《のうのたみ》の住居が見られた。田が、高いところから低いところへ段々に開かれ水を効率よく利用するようになっていた。

棚田の畦には、彼岸花《ひがんばな》が紅い花をつけはじめていた。段々に並ぶ紅い花が秋の日射しに映え、黄色く色づきはじめた稲と調和して見事な景色をつくり出していた。

磐井が清水に言った。

「田拓きに無駄がないな」

「黒木平や北川内平もこのような美しい景色にしたいものですね」

清水は、美しい景色に見とれていた。

視察から帰ると、吉井より重大な報告があるので集まってくれとの連絡がきた。

磐井と清水が迎賓館に駆けつけると、皆が集まっており、吉井が説明をはじめた。

「去る五月、私の一族の的臣《いくはのおみ》鹿嶋《かしま》様が獄死されたという遣いが来ました」

「鹿嶋様が獄死ですと、どのような罪に問われていたのですか」

と磐井が叫んだ。

「難波小野皇后《なにわのおののきさき》と懇意であったのが原因のようです。二年前に皇后が自害されたおり、止めなかった罪だということです」

と吉井が説明した。

難波小野皇后とは、顕宗大王《けんぞうおおきみ》の后である。

橘田が怒りをあらわにして言った。

「自害を止めなかったなど言いがかりではありませんか。二年前の皇后様の自害だって無理に自害させられたとも聞いています。本当の理由は何ですか」

吉井が説明を加えた。

「仁賢《にんけん》大王は、先に弟の顕宗大王に大王の位を譲られ、二人は仲がよいと言われていたが、以前に私が鹿嶋に聞いた話では、逆に仲が悪かったようだ。仁賢大王は、顕宗大王の即位を恨んでいたと聞いている」

益城が尋ねた。

「磐井様、顕宗大王が、在位三年で崩御されたのも不自然だという噂がありますが、磐井様たちの留学中には何か変わったことはありませんでしたか」

「詳しくはわからないが、男大迹《おおど》様が争いに巻き込まれそうだと急に越《こし》に帰国されたこととも関係があるかもしれません。顕宗大王の崩御も何か事情があったのかもしれません。清水も説明してくれ」

清水が説明した。

「私は星川皇子《ほしかわのみこ》が、謀反を企て母稚媛《わかひめ》様ともども焼き殺された事件が気になってなりません。吉備《きびの》上道臣《かみつみちのおみ》様が山部《やまべ》を没収されたことにも裏があるような気がします」

三角《みすみ》が、

「星川皇子は、実際には誰が焼き殺したのですか」

と尋ねた。

磐井が答えた。

「大伴室屋大連《おおとものむろやおおむらじ》が、兵士を出動させ星川皇子のいる大蔵に火をかけています」

臼杵が、

「難波小野皇后が自害された原因は何ですか」

と質問した。

吉井が説明した。

「皇后が、以前億計《おけ》王子と呼ばれていた仁賢大王に立ったままで名を呼び、瓜を食べるための小刀を渡したそうです。皇后は、このことを罰せられるのを恐れて自害されたということです」

「皇后が、立ったまま小刀を億計王子に渡したのは本当だろうか」

と臼杵が言った。

「たとえそうであっても自害するほどのことだろうか」

と益城も言った。

吉井が説明した。

「皇后が、顕宗大王崩御の真相を知っておられるので、自害させられたのかもしれない」

磐井が尋ねた。

「大和で大変お世話になった鹿嶋様の獄死は残念でたまりませんが、的臣一族の方々はどうなったのですか」

「鹿嶋様一人の獄死ですんだようです。遣いの話では、筑紫にも私たち的臣一族がいるため一族全体には手が出せなかったようです」

「まだまだ大和王権内部の争いは続くでしょう。筑紫連合王国が争いに巻き込まれないようにすることが重要です。互いに情報交換をして動きましょう」

この後、仁賢大王在位中には目立った政争は見られなかったが、崩御後武烈大王《ぶれつおおきみ》即位をめぐり、権勢を誇った平群真鳥《へぐりのまとり》が焼き殺された。

岩戸山古墳の築造

月日が流れた。四九七年葛子《くずこ》が水沼君有明《みぬまきみありあけ》の孫葦姫《あしひめ》と結婚した。有明は、以前、隈井《くまい》に娘を磐井《いわい》の妻にして欲しいと縁談を申し込んだことがあった。磐井が柚子姫《ゆずひめ》と結婚すると、娘の縁談をあきらめ、孫同士の結婚を望んだ。

水沼君一族は、千歳川下流水沼郷《みぬまのさと》一帯を根拠地として、筑紫海海人《つくしうみあま》部隊を支配する豪族であり、筑紫一族とは早くから手を結び、筑紫連合王国の一翼を担っていた。

縁談を聞いた磐井は、承諾し、葛子を水沼郷に派遣し海人部隊の訓練に参加させた。それから数カ月後、葛子と葦姫は、相互に心を通わせ結婚することになった。

五〇一年、二月三日早朝、隈井が六二歳でこの世を去った。

磐井は、一日より危篤状態に陥った隈井のそばにつめていた。二日間一睡もせずに看病していた磐井の悲しみは大きかった。偉大な父の死に、皆の目もはばからずに号泣した。三十分ほど泣き崩れた磐井であったが、やがて気を取り直し、今後の手配を命じた。

「私は本日より半年間喪に服す。木棺の準備をせよ。連合王国各地にも遣いを出せ。木棺の準備ができしだい、筑紫社《つくしのやしろ》に出発する」

木棺が作られると、隈井の亡骸《なきがら》は棺に入れられた。寒い冬晴れの昼頃、棺は、筑紫社まで徒歩で運ばれた。

棺は葛子など一族の若者が担いだ。棺の前後に一族が並び、二百人の供が後に続いた。冬晴れで、日射しはさんさんと降り注いではいたが、限井の死を悼むように寒風が強く吹きあれ、一行の髪を乱した。

千歳川を渡ると一行はそこに宿泊し、磐井は棺のそばで一夜をすごした。翌朝は雪がうっすらと積もり、小雪が舞っていた。

身体を突き刺すような風が吹き、小雪が舞うなかを、一行は北へ進んだ。

筑紫社に到着すると棺は社に収められ、御笠《みかさ》により限井の死を弔う神事が行われた。神事が終わると、一族縁者たちは、棺の前で一緒に飲食をし、巫女《みこ》が唄い舞を舞った。この間、連合王国各地から続々と弔問客がつめかけ、その数は七百人に及んだ。

筑紫社での十日間の喪儀が終わると、棺は八女郷に運ばれ、寒椿が紅い花を咲かせている神奈無田《じんなむた》の古墳に埋葬された。

棺には、嶽八女《たけやめ》の時と同様限井愛用の剣、弓、鐙《あぶみ》、翳《さしば》、鏡などが入れられ、馬に乗った人、鶏、猪などの埴輪などとともに埋葬された。また、磐井は、石で造らせた剣、猪なども一緒に埋葬させ、古墳を守る石人二体を古墳の一角に立てさせた。石で造った剣、馬、猪などは、磐井が前々から考えていたもので、八女郷東部の黒木平《くろぎだいら》、北川内平《きたがわうちだいら》への入り口の崖にある灰石《はいいし》を使って造られた。

埋葬が終わると、再び死者を弔うために唄や踊りが二十日間繰り広げられた。

古墳の前で繰り広げられる唄や踊りは、筑紫社《つくしのやしろ》で行われた巫女たちによる筑紫一族の伝統的なものとは趣を異にしていた。磐井は、隈井の功績を広く知らせ、隈井の霊が寂しくないようにできるだけ賑やかに葬儀を行うことにした。また、隈井が乗馬を好んだことから、騎馬行列や騎馬訓練なども行われた。

葬儀には連日数百人が詰めかけ、延べ五千人を超えた。磐井は、半年間一切肉類を絶ち、政《まつりごと》にも携わらずに古墳の一角に造らせた小さな社に籠り、喪に服した。

服喪が終わった五〇一年九月五日、磐井は筑紫君《つくしのきみ》を襲名した。

筑紫君を襲名した磐井は、国力充実の構想をねった。

九月八日、磐井は柚子姫、白井《しらい》、白井の息子白岳《しらたけ》、葛子、清水《きよみず》、清水の息子三山《みやま》、山川《やまかわ》等々の一族側近を集め、皆に宣言した。

「今後さらに筑紫連合国を発展させて、大和王権や半島諸国と対等に親交できる国としたい。そのためには、筑紫国を豊かで強い国にしなければならない。今日は、強い国にするための皆の考えを聞きたい。皆の考えている方策を遠慮なく申せ」

清水が意見を述べた。

「まずは、政の仕組みの充実と鉄製武器・農具の生産の増加でしょう」

白井が言った。

「経済力を強めねばどうにもなりません。田拓きに力を入れ、田を増やし米の生産を増やしましょう。

また半島との交易に力を入れましょう」

葛子が言った。

「戦備えを充実させましょう。特に騎馬部隊と海人部隊を強くすることが必要です」

柚子姫も付け加えた。

「国を強くするには、民の暮らしを安定させる方策も必要でしょう」

磐井が構想を述べた。

「いずれの方策も、もっともである。政をいくつかに分け、担当を決めることにする。政の仕組みの検討と交易には、清水と白岳があたれ。両名は、近日中に新羅《しらぎ》、百済《くだら》、伽耶《かや》諸国を訪れ、政の仕組みの研究と交易の道筋を強化してまいれ。

白井と三山は、田拓きと租の徴収を担当せよ。

葛子と山川は、戦備えの充実をはかり、民が安心して暮らせる方策を検討せよ」

九月十五日より、清水と白岳は、半島諸国を歴訪して、四カ月後の一月十日帰国し、清水が磐井に報告した。

「ただ今帰りました。鉄は、荒精錬をした鉄塊を購入できるように手配をしました。それに見合う米、海産物、土器等の準備が必要です。政の仕組みは、各国さまざまですが、司法のしっかりしている国が、国力も強いようです」

「二人ともご苦労であった。五日間、政は行わずに休養せよ。司法はどこの国が優れていたか。半島の国々に変わった様子はなかったか」

「新羅《しらぎ》がもっとも優れているようです。民に対する刑罰などきわめてわかりやすく作られておりました。申し遅れましたが、新羅は磐井様の伯父智大路《ちだいろ》様が王位を継がれ、智証王《ちしょうおう》と名乗られ、磐井様によろしくお伝えくださいとのことです」

白岳も報告した。

「私も申し遅れておりました。百済王が筑紫には大変世話になった。磐井様、父白井にもよろしくとのことでした」

これ以降、磐井は政を政部《まつりごとぶ》、大蔵部《おおくらぶ》、司法部《しほうぶ》、戦部《いくさぶ》の四部門に分けた。

特に司法部充実には力を入れ、長官に若い白岳を任命した。白岳は期待に応え、民の幸せを念頭においた発想をし、厳格で合理的な司法を考えた。

白岳は、父白井と比べると身体も一回り小さく、細面で優しい風貌をしていたが、胆力の強い青年であった。

租の徴収安定のため、徴収に応じない者には国外追放という厳しい処罰を定めた。一方では、磐井及び大蔵部に諮《はか》り、租の率を収量の三割に設定し、従来より低く定め民の負担は軽くする配慮をした。

他人を死傷させた場合の刑罰も、程度に応じて具体的に示された。

盗みに対する刑罰も明示された。特に、農作物を盗んだものに対する刑罰は重く、一回目は鞭でたたかれた後、木に三日間くくりつけられ衆目にさらされ、二回目については死罪という厳しいものであった。

新しく「動物の子どもは捕ってはならない」という定めも作られた。

また、山野の野草・果実を採ったり、動物を捕ることは自由であったが、民の争いを少なくするために里ごとにおおよその範囲を決めた。

磐井はすでに構想を立てていたが、助言を与えるのみで、白岳が方策を考えつくまで辛抱強く待ち、白岳の考えとして実行させた。また、白岳に権威をもたせるため、長官の呼び名を解部《ときべ》と定め、司法部には三十人の部員を配置した。

二月五日、白岳は、刑罰が整うと、司法部全員を集めて磐井の前で訓辞した。

「刑罰が完成した。刑罰の名称を律《りつ》と称する。律は、全部で三十条である。これが施行されれば筑紫の繁栄は疑いない。司法部の責任は大きい。皆、心して勤めに励め。本日より、各条の説明を行う。各自、内容の説明ができるようになってもらいたい」

磐井は、白岳の威厳のある訓辞を聞いて満足し、一同を激励した。

「白岳解部の申したとおりである。筑紫国の繁栄は、皆の双肩にかかっている。皆の奮闘を望む」

一同は感激した。

律（刑罰）の学習が、五日間行われた。

二月十一日より三日間、磐井は、柚子姫、葛子、白井、清水ら一族側近五十人を集めて、律（刑罰）の周知をはかった。

三十条よりなる律《りつ》の説明は、白岳と司法部の部下が行った。

三日目になると、質問の時間が設けられ、三山《みやま》が質問した。

「内容はよくわかりました。立派なものですが、民にはどういう方法で周知しますか」

磐井が白岳に命じた。

「白岳解部《ときべ》、そちの考えを述べよ」

「私たち司法部の者を六つに分け、各郷まで出向き各郷毎に集落の長たちを集めて説明します。また、国を挙げての改革であることを周知させるため、大王様《おおきみ》、皇后様《おきさき》、父上、清水様、山川様、葛子様にも六つに分かれて同席していただきたいと存じます」

磐井は、清水の発案で筑紫君《つくしのきみ》を襲名すると、大王《おおきみ》と呼ばれるようになっていた。

清水は、筑紫連合王国が大和王権と対等であることを王国内に周知させるため大王と呼ばせることを考え、まず筑紫国での呼び方を改めようとした。もちろんこのことは、磐井も了解していた。

磐井は、白岳の説明を感心しながら聞いていたが、白井に向かって言った。

「白井、これでどうだろうか」

「大王も承知されているのでしょう。結構です」

磐井が結論を述べた。

「解部の提案どおりとする。ただし、説明は、担当を変えて二回ずつ行う」

説明は一年間続いた。律は、二年目から実際に施行され、年を重ねるごとに成果があがるようになった。

話はさかのぼるが、前年の九月十日、白井と三山は、田拓き構想を磐井に提案した。

白井が説明した。

「五年間で五百戸の民を賄える田を拓き、それに伴う水路づくりを行います」

「五百戸分も、どこに作るのだ」

「矢部川、星野川上流部をさかのぼって二百戸分、清水山《きよみずやま》山麓に百戸分、高良山《こうらさん》北麓に二百戸分の田を拓きます」

「工人と民はどこから動員するのだ」

「工人は、北川内平と黒木平の田拓きでかなり人数が増えていますので大丈夫です。民の動員については三山が方策を立てていますので説明させます」

三山が説明した。

「清水山山麓は、矢部川以南の民を動員します。ただし、田拓きが終わるまで民の労役、兵役は免除をお願いします。担当は私がします。高良山北麓については、筑紫国全体より民を動員します。そしてここだけは、大王様直々に指揮を執っていただきます。

矢部川、星野川流域は狩猟民《かりのたみ》と黒木平、北川内平の民を動員します。田はできあがりしだい、順次狩猟民に与えます。指揮は、白井様です。

なお、黒木平・北川内平の民の労役については、五年間免除していただきます。また、その租も五年間は免除していただきたいと考えます」

磐井が、

「労役免除はわかるが、租はどういうことか」

と尋ねた。

白井が説明した。

「狩猟民の男をすべて動員しますので、狩猟民は狩猟をすることができません。国に納めるべき租を狩猟民に与えたいと思います」

「三カ所同時というのは急ぎすぎではないのか。十年計画ではどうか」

「葛子様とも話したのですが、田拓きばかりをいつまでも続けるわけにはいきません。大王様の墳墓造りも始める必要があります」

「そこまで考えていたとは、さすが白井だ。二人の計画どおりにしよう」

磐井は、この日以降高良山北麓の田拓きと水路づくりに傾注した。

なお水路づくりを最初に行った小さな川は、後世、磐井に感謝し「磐井川」と呼ばれるようになり、今なおその名が残っている。

九月十三日、葛子と山川は、戦部の強化構想を磐井に提案した。

「海人部隊を除いて、筑紫国のみで、二万人の兵士を動員できる体制を作りたいと思います。そのためには、大王直属の常備部隊を増やす必要があります」

「今までは、動員できる兵士は一万三千人が限度であったが、二万人もの兵士を動員できるのか。現在の直属の騎馬部隊二百人では不足か」

「筑紫は、田拓きもすすみ民の数も増えております。二万人の動員は可能です。二万人の兵士を指揮するには、騎馬部隊五百人、弓部隊三百人、徒歩《かち》部隊二百人程度の直属部隊が必要だと思います」

「何年で二万人の訓練を行うつもりだ」

清水が答えた。

「大規模な田拓きも計画されておりますので、最低三年間は必要でしょう」

「海人部隊はどうするのか」

葛子が答えた。

「現在水沼君《みぬまのきみ》様の海人部隊六十隻七百人、船小屋部隊三十隻五百人、安曇《あずみの》志賀《しか》様の糟屋《かすや》部隊六十隻八百人ですので、船小屋部隊を五十隻、糟屋部隊を百隻まで増強いたしたいと考えています。新しく造る船の半数は、半島往来が可能な丈夫な構造にする予定です」

「戦備えの計画はわかった。皇后《きさき》が言った民の暮らしを安定させる方策は考えているか」

「皇后様とも相談して五つの方策を考えています。

第一は鶏、馬、猪などの飼育を民に勧めることです。特に鶏についてはすべての民に飼うことを義務づけます。

第二は立山山窯《たちやまやま》での壺の生産を増やし、民に分け与えることです。そして、野菜・果実・海産物などの保存をさせます。

第三はセンブリ、御輿草《みこしぐさ》などの薬草を民に植えさせ、病に備えさせることです。

第四は海や川の魚・貝類の漁労方法を向上させることです。

第五は山野を計画的に焼き、粟・いも類を作らせることです」

こうして国力充実のための方策が打ち出され、それぞれが着実に実行されていった。

五〇七年五月三日より、久しぶりに八女郷《やめのさと》にて連合王国会議が開催された。

会議の初日、磐井は、まず大和情勢について情報交換をすることにした。

「各国より参集いただき痛み入る。今回は、まず大和情勢について情報交換をしたい。すでにご承知と思うが、本年一月、大和では男大迹《おおど》様が大王と成られ、継体大王《けいたいおおきみ》と名のっておられるようだ。ただ大和ではなく、樟葉《くずば》で即位され、そこに止まっておられるそうだ。そのあたりの事情がわかる者があれば、説明してもらいたい」

的臣吉井《いくはのおみよしい》の没後、後を継いだ的臣橘田《たちばんだ》が発言した。

「私の一族の報告では、大和豪族には継体大王の即位に反対するものが多く、大王が大和へ入られるのを阻止しているようです」

臼杵《うすき》の後継大分君鶴崎《おおきたのきみつるさき》が磐井に尋ねた。

「樟葉は、どのようなところですか。またどうして樟葉に宮を構えられたのですか」

「樟葉は、大和北方を流れる木津川《きづがわ》が淀川に流れ込む付近にあり、船運の良いところである。また樟

継体大王関連図
三国
越
若狭湾
美濃
若狭
三尾
琵琶湖
息長
尾張
丹波
近江
山背
摂津
弟国宮
今城塚古墳
樟葉宮
筒城宮
伊賀
伊勢湾
大和
難波津
三輪山
伊勢
河内
磐余玉穂宮
難波の海
和泉
畝傍山

葉は、以前から男大迹《おおど》様と親交のあった荒籠《あらこ》様の根拠地でもあるので宮を構えられたのであろう」

　火君益城《ひのきみましき》が、

「荒籠様とはどのような方ですか」

と続いて磐井に尋ねた。

「荒籠様は、河内馬飼集団の長《おさ》で、河内馬飼首荒籠《こうちのうまかいのおびとあらこ》と呼ばれている方である。継体大王は八人の后を召し入れられたとも聞くので、越《こし》、近江《おうみ》、尾張《おわり》国を支配下におかれていると思われる。しかし、大和に無理に入れれば大争乱になるので、大和入りはないだろう」

　鶴崎が尋ねた。

「継体大王を擁立されたのはどなたですか」

「詳細にはわからないが、以前からの知己である大伴金村《おおとものかなむら》様であろう。我々は、しばらく大和豪族の主導権争いが続くとみて動くべきだろう」

　この日、三時頃より、場所を深田迎賓館に移し恒例の歓迎の宴がもたれた。

深田迎賓館は、今回の連合王国会議前に建て替えられ改築されていた。周りに植えられていた山桜、モミジ、梅、竹等の樹木は、大きく生長し迎賓館をどっしりと荘厳に見せていた。折しも藤が満開となり、紫の花を垂らし甘い香りを漂わせ、賓客を迎えていた。

　歓迎の宴が始まり、磐井が挨拶をした。

「会議、ご苦労であった。今日は筑紫国を挙げて歓迎いたしたい。ゆっくりと旧交を温めてほしい」

酒が高坏《たかつき》につがれ、宴が始まりしばらくすると、橘田が大きな声で磐井に尋ねた。

「磐井様、生葉郷《いくはのさと》よりの道中気づきましたが、高良山北麓の田は広く拓かれているようですが、何戸分ありますか。他にも拓かれたと伺いましたが、それも教えてください」

「田拓きに携わった白井と三山に説明させよう。白井頼む」

と磐井が答えた。

「高良山北麓に二百戸、矢部川・星野川流域に二百戸、清水山麓に百戸を賄える田を開墾いたしました」

橘田が再度尋ねた。

「全部で五百戸分といえば三千人の民をまかなえる規模ですが、民の動員はどうされましたか。また、指揮はどなたが執られましたか」

三山が説明した。

「高良山北麓は筑紫国全体より動員し、他は近くの民を使役しました。指揮は、高良山北麓が磐井大《いわいおお》王《きみ》様、他は私と白井様が行いました」

鶴崎が尋ねた。

「長い峰では、墳墓の築造が始まっているようですが、どれくらいの規模ですか」

「東西は周囲の濠まで入れて六〇丈《つえ》（約一八〇メートル）、南北三〇丈（約九〇メートル）ほどになろう。このことは明日以降の会議で説明させていただこう。今日は、唄も舞も準備しておる。ゆっくり飲みながら楽しんでくれ。まずは舞を披露しよう。さあ、舞を」

舞台に三人の若い女が出てきた。改築された迎賓館には、歓迎の唄や舞を披露する舞台が作られていた。

三人は、朱色の衣装を身につけ、両手には小さな翳《さしば》を持ち、腰に剣をさしていた。翳は、今でいう団扇《うちわ》や扇子《せんす》のようなものである。三人は中央に進み出ると、剣を傍らに置き、両手をついて賓客に礼をした。

舞台の袖で数十名の女たちが笛を奏で、太鼓を鳴らし始めると、それにあわせて三人の女が舞った。三人の息はぴったりと合い、手に持った翳をしなやかに打ち振りながら舞った。

一同は、呼吸のあった動きのある舞に息を呑んだ。最初の舞が終わると、三人は、中央に座って深々と礼をした。客は、割れんばかりに拍手した。

二つ目の舞は、八女の郷で早くから唄われている「実りもたらす磐清水《いわしみず》、八女の各処に湧き出づる……」で始まる唄を三人で唄いながらの舞であった。三人は、唄の呼吸もぴったりと合い、華麗でしなやかな手足の動きも一糸乱れずに舞った。

三つ目の舞は、勇壮な剣舞であった。

舞が終わった後、磐井のそばで見ていた益城《ましき》が皆に聞こえるように尋ねた。

「磐井様、すばらしい舞でしたが、あの者たちはどういう者たちですか」

「お褒めいただき、ありがとうございます。私の娘藤姫《ふじひめ》、蓬姫《よもぎひめ》と葛子の嫁葦姫《あしひめ》です。今日の日に備え随分と練習したようです」

この後も童たちによる舞、唄などが次々に披露されこの日の宴が終わった。

五月四日、会議が始まった。

磐井が議題を提案しようとしていると、益城が突然提案した。

「最年長の私から、一つ提案をしたい。大和情勢を考えると、筑紫連合王国は、今まで以上にまとまらねばならぬ。そのためには、連合王国の代表を明確にする必要がある。今後は磐井様をはっきりと代表とし、呼び方も大王《おおきみ》と統一しようではないか」

清水が言った。

「筑紫の国では、私の発案で大王とよぶようにいたしました。大和王権が不安定なこの時期だからこそ、筑紫連合王国の立場を明確に示しておくべきだと考えたからです」

水沼君有明《みぬまのきみありあけ》の後継者の水沼君風浪《ふうろう》が言った。

「私も清水様が説明されたように、大王と呼ぶ方がよいと思います」

参加者全員が賛意を表し、これ以降磐井は筑紫連合王国全体から大王《おおきみ》と呼ばれることになった。

この話が終わると、磐井は戦備えについて提案をした。

「大和の混乱が筑紫に及ばないとも限らない。各国とも常備部隊を増やし戦備えの強化をしてはどうだろうか」

益城が言った。

「肥国は三百人の常備部隊を持っています。大王はどの程度の増員を考えておられるのか」

「筑紫は二万人の兵士を指揮するため千名の常備部隊を備えた。各国は実情により増やしたらよいだろう。各国、最低百人ぐらいの増加でよいのではないか」

このことも各国が了解した。

橘田が新たな提案をした。

「昨日、三山様より筑紫国の水路づくりと田拓きについて詳しく伺い、随分と成果が出ていると推察しました。生葉郷東部の山あいには、まだ田が拓けるところが広く残っています。大王様、水路づくりの工人たちを生葉郷に応援に出してもらえませんか」

磐井が答えた。

「以前に生葉郷を訪れた時、生葉郷は、随分と田が拓かれているように見受けたが、まだ拓ける場所が残っていたとは知らなかった。応援を出そう。豊国《とよのくに》の田づくりも進んでいるので、鶴崎様にも相談されたらよかろう」

益城が言った。

「大王、肥国《ひのくに》にも工人の派遣をお願いしたいのですが」

こうして、水路づくりの工人は各国の要請に応じて応援に出されることになった。休憩をはさんで会議は続けられた。

鶴崎が発言した。

「昨日お尋ねしました墳墓築造のことについて、詳しく説明してください」

「墳墓の築造場所は、長い峰の中央岩戸山である。型は、王族の伝統である前方を方形に、後方を円にする型として築造する予定である。また墳墓とは別に、十四丈《つえ》（約四十二メートル）四方の区画を造り、司法の様子を民に示したい」

連合王国会議に初めて参加している芦北君佐敷《あしきたのきみさじき》が尋ねた。

「司法の様子は埴輪《はにわ》で表されるのですか。壊れるおそれがありますが」

「指摘のとおり、埴輪では長くはもたない。八女郷東部の山地部にある灰石を用いて造ろうと考えている」

鶴崎が尋ねた。

「聞いておりますと規模が大きく相当の年月を要すると思います。何年を要しますか」

「毎日千人動員したとしても、稲の収穫時期や雨の日には作業はできないので十年以上は要するであろう。できれば、各国より応援を願いたいと考えている」

益城が提案した。

「筑紫連合王国の大王にふさわしい墳墓にしなければなりません。各国最低百人は動員しましょう」

こうして、墳墓は連合王国を挙げて築造されることになった。

大伴金村

六年の歳月が流れ、墳墓の建設は順調に進み、石室も完成した。石室の周りには、石埴輪などが埋められ、円筒埴輪も立て、盛り土をし、別の区域（別区《べっく》）に並べる石造物を造る段階となっていた。石室の周りに埋められている埴輪は、土器製もあったが、磐井が考案した石埴輪と呼ばれるものが多かった。

武装した人、褌をした力士、刀、三輪玉《みわだま》、琴、鶏、猪などのさまざまな石埴輪は、数個の石棺を囲むように並べられていた。

磐井は、墳墓とは別の区域（別区）の築造の構想を入念に練っていた。裁きの様子を民に知らせるため、中央には、解部《ときべ》に見立てた大きい石人を造り立たせ、その前には裁きを受けている正座をした盗人の石人を置かせようと考えていた。また、裁きの様子がよくわかるように、盗んだ猪も四頭造らせ、そばに並べる予定だった。

五一三年一月、構想を練っていた磐井のもとに、半島伽耶《かや》の筑紫館《つくしやかた》より重大な報告がもたらされ、遣いが報告した。

「大王様、大和王権の任那館《みまなやかた》が、伽耶西部の上哆唎《おこしたり》、下哆唎《あろしたり》、娑陀《さだ》、牟婁《むろ》の四カ国を百済《くだら》に支配させることを認め、四カ国には大和部隊に代わって百済部隊が入りました」

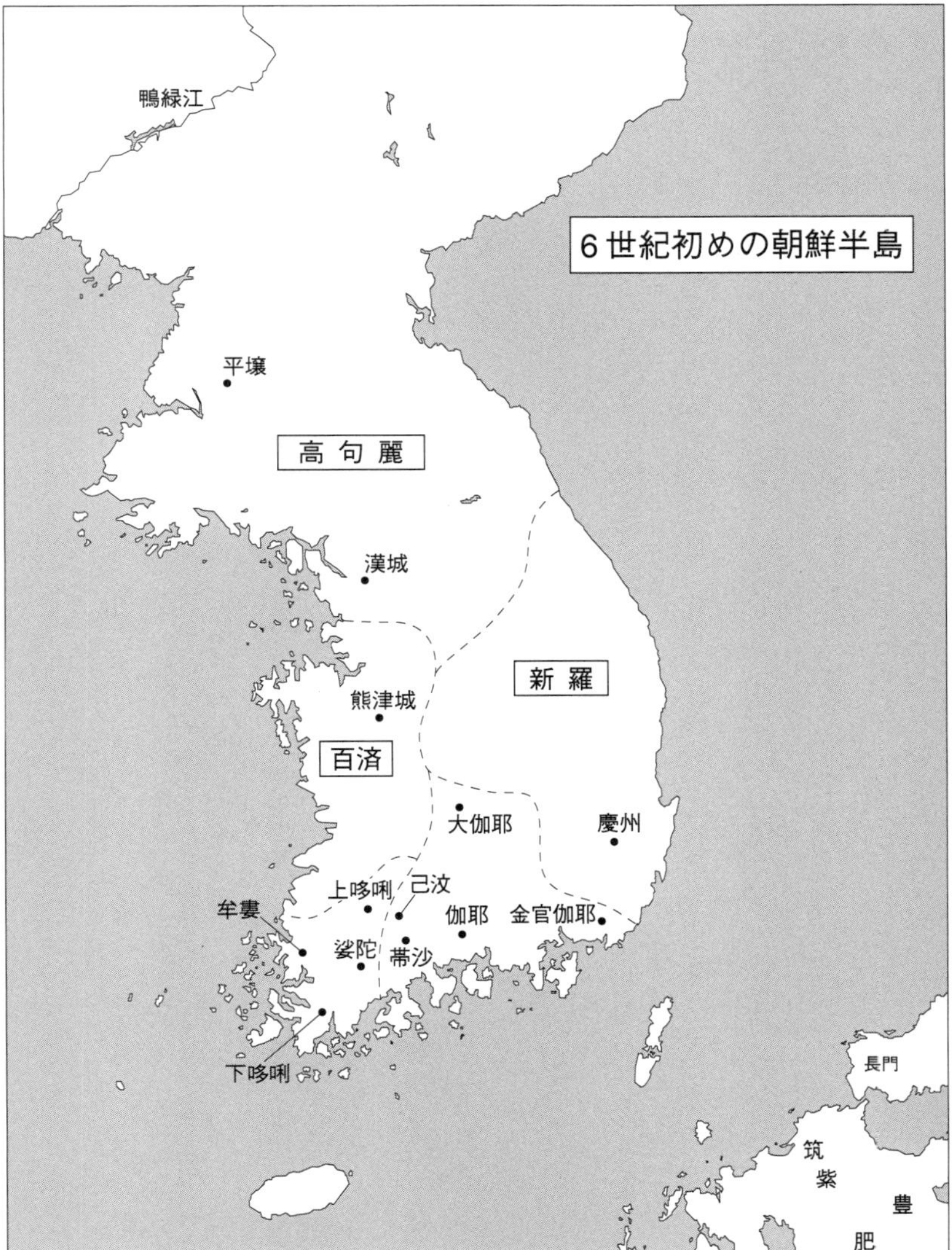
6世紀初めの朝鮮半島
鴨緑江
平壌
高句麗
漢城
新羅
熊津城
百済
大伽耶
慶州
上哆唎
己汶
牟婁
伽耶
金官伽耶
娑陀
帯沙
下哆唎
長門
筑
紫
豊
肥

「四カ国は承知しているのか」

「四カ国が百済の支配下に入ることを望むとは考えられません。大和王権は、伽耶諸国を自分の領土のように軽く扱っていますので、おそらく四カ国には了解は取っていないものと思われます」

この報告を聞いた磐井は、橘田のもとに遣いを急派し、橘田《たちばんだ》を呼んだ。

「伽耶四カ国が、百済の領土になった。大和情勢を正確につかみたい。大和へ出向きこの間の事情をつかんではもらえないだろうか」

橘田が答えた。

「私も大和情勢には、ただならぬ様子を感じています。早速、側近の竹重《たけしげ》を大和へ派遣します」

二月、大和へ向かった竹重ら数名は、十二月二十五日、ようやく帰国した。

前日、筑紫郷白井《しらい》からの早馬で竹重らの帰国を知らされた磐井と橘田は、深田の館に集まり、二人を待っていた。

帰国を知らせた白井は、数年前、後継者に恵まれない御笠《みかさ》の養子となり、筑紫社《つくしのやしろ》の祭祀を司り、千歳川以北を治めるために筑紫郷に派遣されていた。

竹重が報告した。

「大王様、ただ今帰りました。遅くなりましたが、大和の情勢の把握ができました」

「長い間ご苦労であった。それでは報告を聞こう」

「まず、継体大王ですが、まだ大和入りはされていません。しかし宮殿を遷《うつ》られ、山背《やましろ》国筒城《つつき》に宮殿を造営されております」

　橘田が尋ねた。

「大伴金村様の後ろ盾があるのに、どうして大和入りができないのか」

「継体大王の即位には大和豪族は、反対だったようです。また、大伴金村様を大和に入れれば、金村様の力がさらに強くなり、大和の豪族がないがしろにされることをおそれ、強く反対しているようです」

　磐井も続いて尋ねた。

「伽耶四カ国を百済に編入することを了解されたのはどういう事情か。継体大王は、以前には、百済一辺倒の外交は危険であると言われていたのだが」

「百済が、四カ国の支配を認めてくれと申し入れた時、大友金村様は、百済の主張を支持されたそうです。それだけではありません。今年、百済と大伽耶《おおかや》が、己汶国《こもん》をめぐって争い、己汶国も百済の領土となったようです」

　百済は、北より高句麗《こうくり》の圧迫を受け、都を漢城《かんじよう》より熊津《くまなり》に遷し、百済に侵入した高句麗軍を、いったんは撃破し南下を阻止してはいたが、失地回復のため北へは向かわず、弱小の伽耶諸国を併合することに活路を見いだそうとしていた。

「そのようなことをすれば、伽耶諸国は、大和王権から離反するではないか。継体大王はどういう立場をとっておられるのか」

「筒城《つつき》は、百済から渡来した人々の一大根拠地です。そこに宮殿を遷されましたので、継体大王もまた百済を支持されていると考えられます。また、金村様は、個人的にも百済から貢物を受け取っているようです」

磐井が、

「大和情勢はよくわかった。継体大王は、新羅《しらぎ》とも親交があり、百済一辺倒の外交の危険は理解されていたが、自分の立場を守るために考え方を変えられたようだ」

と言うと、橘田が、

「大和王権が今のような半島政策を続ければ、筑紫連合王国もあおりを受けます。よくよく情勢を見極め、動く必要があります」

と応じた。

五一四年二月、磐井は、山川《やまかわ》と白岳《しらたけ》を新羅と伽耶筑紫館へ遣いに出した。二人には、五百人の部隊と土産を運ぶ荷駄もつけられた。

一方、この間にも墳墓の築造は着々と進み、東西四十丈《つえ》、南北六十丈の墳墓はほぼ完成し、墳丘が盛り上げられつつあった。墳丘は、七丈の高さに造られることになっていた。

また磐井は、墳墓造りと併行して、武装した石人と石盾を多数作らせていた。石人と盾は、完成した墳墓の周りに並べさせるつもりであった。

三月三日、磐井は柚子姫を伴って、騎馬で、立山山《たちやまやま》の窯元、川崎の石製品づくりの作業現場を視察した。葛子《くずこ》が、三十騎の部下とともに随行した。

磐井は、立山山へは久し振りに出かけたが、ずいぶん窯が増えていた。

次に、五十人ほどの工人が働いている川崎の石製品の作業現場に向かった。

磐井が工人の長に、

「ご苦労である。作業の進み具合はどうか」

と言葉をかけた。

「順調に進んではいますが、何しろ石の加工ですので鉄の工具がすぐに傷みます。葛子様に大量の工具の手配を頼んでおります」

柚子姫《ゆずひめ》が、

「今後、どれくらいの年月を要しますか」

と尋ねた。

「大王様が申しつけられた石人、盾、解部《ときべ》様の石人、盗人、盗んだ猪などは、工具さえそろえば来年にはできあがります。葛子様が申しつけられた分まで含めると、もう一年かかります」

磐井が尋ねた。

「工具の手配はどうなっているのか。何を新たに申しつけたのだ」

葛子が答えた。

「工具は、糟屋《かすや》と飛形山《とびかたやま》山麓の精錬所に手配していますので、五百個近々届きます。新たに作らせるものは、大王と后を驚かせるために黙っておりました。大王と后が祝事の時に乗られる三疋の飾馬、深田の宮殿と蔵を模した石殿、石蔵です」

川崎で葛子と分かれ、磐井は星野川、矢部川沿いを下り白木里《しらきのさと》清水の館に向かった。体調を崩し、半年ほど出仕していなかった清水《きよみず》に久し振りに会うためであった。

道中は、この年も、民の家々に植えられた梅が満開で、白い花をつけ甘い香りを漂わせ、川沿いの菜の花も黄色く咲きほこり、早春の陽射しに映えていた。

道すがら、磐井が馬上から柚子姫に話しかけた。

「柚子、葛子も随分と頼もしくなったな」

「そうならねば困りますよ。葛子も三十七歳、枇杷姫《びわひめ》、稲子《いなこ》たち二児の父ですよ」

「そう言われてみるとそうだ。ところで、蓬姫《よもぎひめ》も嫁がせねばならぬがどうしたものか」

磐井には二人の娘がいた。姉の藤姫《ふじひめ》はすでに火君益城の息子竜北《りゅうほく》と結婚し、二人の手元には蓬姫だけが残っていた。

「私は、三山《みやま》様に嫁がせたらと考えています。三山様には十年前結婚された后がおられますが、お子様はおられません」

「蓬の気持ちもあるだろうが、私に異存はない」

「三山様と蓬が、時折話している様子をみると、気が合っているようですので、蓬も承知すると思います」

「今日、清水と三山に話してみよう」

清水の館に着くと、清水が夕餉の準備をして待っていた。

夕餉の準備がされていた館の一室は、庭がよく見える場所であった。庭に調和よく植えられた梅は満開で、メジロなどの小鳥が白い花の間を飛び回っていた。

白木一族は早くから民に梅作りを勧めていたので、民に範を示すためもあり、率先して梅を植えていた。

清水は体調がよいと見えて、磐井たちを起きて出迎え、挨拶をした。

「大王、今日は后様ともども足を運んでいただき、痛みいります。心ばかりの夕餉の準備をしております。ゆっくりおくつろぎください」

「清水、起きていて大丈夫か。無理をしないでくれ」

清水が、磐井の手を握りながら言った。

「しばらくは、葛湯とセンブリばかりを飲む日々を過ごしておりましたが、ここ数日、食もすすんでいます。館のまわりを歩けるようになりましたので大丈夫です」

夕餉は清水、三山の家族十名が参加して始まった。しばらくの団らんが続いた後、磐井が
「三山、突然だが、娘の蓬を娶ってはくれぬか」

と切り出した。

「ありがたいことですが、私には妻がおります」

三山が驚きながら答えた。

「それは承知しておる。三山が娶ってくれれば私も后も安心だ」

清水が言った。

「大王、姫を臣下の側室にするなど聞いたことがありません。考え直してください」

柚子姫が言った。

「臣下などと、清水様は大王と兄弟同然ではないか。白木一族は、筑紫一族とは縁もあり同族同様である。三山が気にいらねば仕方ないが、そうでなければ承知しておくれ」

三山が言った。

「后様までそう申してくださるのであれば、お受けします。蓬姫は、私には過ぎた方です」

黙ってやりとりを聞いていた清水の妻百合姫がお礼を言った。

「大王様、后様、今日は夫の見舞いにわざわざ足を運んでいただいた上に、ありがたい縁談まで持ち込んでくださり感謝のしようもございません」

こうして蓬姫の縁談が決まった。

伽耶諸国の筑紫入貢

数カ月が過ぎた十一月八日、山川《やまかわ》と白岳《しらたけ》が、半島より帰国し、山川が磐井《いわい》に報告した。

「大王《おおきみ》、ただ今帰りました。半島の様子が詳しくわかりました」

「山川、白岳、二人ともご苦労であった。ゆっくり報告してくれ」

「私どもは、まず伽耶《かや》の筑紫館《つくしやかた》に二カ月ほど留まり、金官伽耶《きんかんかや》、大伽耶《おおかや》諸国へ挨拶に出向きました。一度目は、私どもも大和王権と同じように見られており、全く相手にされませんでした。一カ月後、二度目に訪ねたときには、伽耶諸国も私たちが大和王権とは全く立場を異にしていることを調べており、友好的に扱ってくれました」

磐井が尋ねた。

「諸国は大和王権のことをどのように考えているのか」

「大和王権は、伽耶諸国をすべて百済《くだら》に渡すのではないかと警戒しています。百済領となった四カ国や己汶《こもん》国からは、多くの王族が伽耶諸国に逃れていますので、併合に大和王権が力を貸していると知っているからです」

「それはそうであろうが、伽耶諸国はどうするつもりなのか」

「伽耶諸国は大和館《やまとやかた》を全く信用しておりません。自分たちで守るしかないので、諸国が連合して部隊を強化し戦備えをしています。継体大王と大伴金村《おおとものかなむら》様がおられるかぎり、伽耶諸国は安心できないとも申しておりました。大伽耶連合の王からは、筑紫館の守備部隊を増やしてくれという依頼も受けました」

「予想以上に事態は深刻だな。そして、新羅《しらぎ》はどうであったか」

「新羅は、智証王《ちしようおう》がなくなられ、皇子の原宗《げんそう》様が跡を継がれ法興王《ほうこうおう》と名乗っておられました。土産のお礼も述べられ、大王様によろしくということで、土産も頂戴して参りました。数年前に、高句麗《こうくり》軍を撃破され、北に大きく支配地を広げたとのことでした。王は、百済の四カ国支配もご存じで、百済と大和王権に対して立腹しておられました」

清水《きよみず》が尋ねた。

「ご立腹だけではすむまい。何かお考えであったろう」

今度は、白岳が答えた。

「法興王は、当初、新羅と親交のあった継体大王が即位されましたので、半島政策が正されると期待しておられたようです。今後、大和王権には遣いを送らないと申されておりました。百済がこれ以上伽耶諸国への侵略を進めるようであれば、新羅は百済と伽耶諸国に部隊を出兵するとも言われておりました」

磐井が、

「その他には何か変わったことはなかったか」

と尋ねた。

「政《まつりごと》の仕組みと法則を大きく変えておりました。筑紫国も先頃政を改められましたが、それ以上に進んだもののようです」

と山川が答えた。

「どのようなものか」

「刑罰を定めた律《りつ》、政のあり方、租、争い事などを定めた令《りょう》というものです」

「律令については、後日詳しく話を聞かせてもらおう。二人ともご苦労であった。五日間は出仕するには及ばぬ。明日からゆっくり休め」

この日、二人の慰労会がごく内輪で持たれ、慰労会の終了間際に、磐井が言った。

「急ぎ、筑紫連合王国会議を持たねばならない。白井、皆と諮《はか》り各国に遣いを送れ。筑紫連合王国会議は、十一月二十日とする」

翌日、各地へ遣いが出され、十一月十九日までには、各国代表が八女郷《やめのさと》に集結した。

十一月二十日、会議が始まると、白井が半島情勢を説明した。

この頃の朝鮮半島は、大きく四分され、北半を高句麗、中東部を新羅、中西部を百済が領有し、南部に大和王権の影響力の強い伽耶諸国があった。大和王権は、以前は新羅、百済とも親交があり、高句麗の南下を阻止することで伽耶諸国での権益を守っていたが、徐々に百済一辺倒の外交に変わっていた。

説明が終わると、磐井が提案した。

「緊急に皆に諮りたいことが二つある。

第一は山背国筒城《やましろのくにつつき》の継体大王のもとに遣いを送り、伽耶大和館の部隊を強化していただくとともに、伽耶諸国の独立を保証してもらうことである。半島の安定は、百済、新羅、伽耶諸国が対立を深めずに、高句麗の脅威に備えてこそ成り立つものである。

二つ目は、伽耶諸国より依頼されている伽耶の筑紫館部隊の強化であるが、どうしたものか。下手をすると、大和王権と対立することになりかねない」

「大王、継体大王の百済への肩入れは変わらないと思われます。筒城への遣いは無駄ではないでしょうか」

と火君竜北《ひのきみりゅうほく》が口火を切った。

大分君鶴崎《おおきたのきみつるさき》の亡き後、後を継いだ鶴見《つるみ》も言った。

「私もそのとおりだと考えますが、筑紫連合王国が大和王権と対立しようとしていると思われても損ですので、遣いは送った方がよかろうと思います」

このようなやりとりが続き、継体大王のもとへ遣いが送られることになった。

磐井が諮《はか》った。

「遣いは誰でもというわけにはいくまい。誰に決めたものか」

「継体大王、金村様とも面識がありますので、私が参りましょう」

と清水が言った。

「それが一番よいが、病みあがりである。それは認めるわけにはいかぬ。的臣橘田《いくはのおみたちばんだ》、行ってくれぬか」

橘田が口を開くより先に清水が言った。

「身体は大丈夫です。私も若くありませんので最後のご奉公だと思います。ぜひ、お認めください」

最終的に、遣いは清水、橘田の両名となった。

三山《みやま》が言った。

「筑紫連合王国と伽耶諸国との交易の利益は、お互い莫大なものです。伽耶諸国を守るために、筑紫館へ部隊を送るべきです。部隊の数は、最低三千人は必要だと思います」

「一年で部隊を引くわけにもいかぬ。負担が大きすぎるのではないか」

「肥国《ひのくに》からも出兵致します。各国千五百人ではいかがでしょうか」

と竜北が言い、橘田も主張した。

「生葉郷よりも五百人は部隊を出します。是非出兵いたしましょう」

水沼君風浪《みぬまのきみふうろう》が続いた。

「海人《あま》部隊の手配は、私が安曇志賀《あずみのしか》様、葛子《くずこ》様と諮っていたします」

こうして連合王国会議が終わった。

翌五一五年一月七日、清水と橘田が、大量の米、粟、猪の肉、海産物などの糧食を携えて海路で山背国筒城へ向かった。

二月八日、筒城に到着した二人は、米、粟など大量の土産を手渡すと、直ちに継体大王と大伴金村に面会を求めた。

継体大王と大伴金村には、二人の到着が事前に知らされていた。

清水と橘田が、宮殿の一室に案内され待っていると、大伴金村が高官六名を従えて入ってきて、二人の上座に左右に分かれて座わり、ほどなく、継体大王が二人の護衛を従えて現れ、上段正面に座った。

大伴金村が言った。

「清水殿、大王の了解は得ている。挨拶をいたせ」

「大王様、ご無沙汰いたしております。的臣橘田ともどもご機嫌伺いに参りました」

髭を蓄え、以前と雰囲気が変わった継体大王が、機嫌よくねぎらいの言葉をかけた。

「清水、久し振りである。息災で何よりだ。橘田、そちが武勇の誉れ高い的臣吉井の息子か。立派な面構えをしている。遠路ご苦労であった」

目つきの鋭い大伴金村が、笑みをつくって言った。

「清水殿、本日は沢山の土産を頂戴して痛み入る。磐井様によろしく申してくれ。さて、本日は、単なるご機嫌伺いではあるまい。用件を遠慮無く申せ」

清水は半島情勢を話した後、大和王権部隊の大和館への出兵と伽耶諸国の独立の保障、筑紫連合王国の筑紫館出兵の了解について奏上した。

継体大王と大伴金村は、清水の奏上を聞くと一瞬顔色が変わった。しかし、金村は、さすがに百戦錬磨の大臣《おおおみ》であった。すぐにもとの表情に戻り言った。

「大王、筑紫連合王国の申し出はよくわかりました。大連《おおむらじ》などにも諮《はか》り、明後日返事をいたしましよう。本日は歓迎の晩餐会を予定しておりますのでゆっくりと語りましょう」

「それでよい。二人とも筑紫国の話など聞かせてくれ」

この日の晩餐会は、昔話に花が咲き、何事もなかったように進められた。

二月十一日の午前中、清水と橘田は、宮殿の一室に呼ばれ、継体大王が、数名の護衛とともに姿を見せ、中央上段の席に着座すると、大伴金村が清水、橘田に方針を告げた。

「決定を伝える。大和部隊の伽耶大和館への新たな出兵は行わない。現在の護衛部隊千人のままとする。伽耶諸国の独立は、百済と諮って保障する。

筑紫連合王国部隊の筑紫館への出兵は差し支えない。部隊の人数は、筑紫で決めよ。以上の決定に対して、何か申したきことがあれば、遠慮なく申せ」

清水が言った。

「大王の方針はよくわかりました。伽耶諸国の独立の保障、筑紫館への出兵を了解をしていただき、ありがとうございました。一つだけ尋ねたいことがあります。大和館への出兵ができないのはどういう理由でしょうか」

大伴金村が表情を険しくして答えた。

「清水様らしくもない。継体大王が筒城におられることだけでもわかるではないか」

大和王権の方針を聞いた二人は、宿舎に帰った。

宿舎に帰ると、大和の的臣《いくはのおみ》鹿野《かの》の側近が二人を待っていた。鹿野は、以前、仁賢大王《にんけんおおきみ》即位の際、大和豪族の内紛に巻き込まれて獄死した的臣鹿嶋《かしま》の息子であった。

側近が二人に挨拶をした。

「清水様、橋田様、遠路おつとめご苦労様でございます。筒城の継体大王と大和豪族は、現在も対立が続いており、鹿野が筒城に来ることはできませんでした」

橋田が言った。

「気をつかってもらいありがたい。大和の一族に会いたかったがそうも参らぬようだな。鹿野様に、筑紫国生葉郷《いくはのさと》にも一度お出かけくださるように申してくれ」

翌二月十二日、清水と橋田は、大王と大伴金村に、別れの挨拶をすると帰路についた。

三月一日、二人は八女郷深田の館へ帰った。

二人の報告を聞いた磐井が言った。

「両名ともご苦労であった。伽耶の筑紫館への出兵を継体大王が了解されたことは収穫である。伽耶諸国の独立の保障を、百済と諮《はか》って行うということが気にはなるが、筑紫部隊を派遣するので百済も手は出せないであろう。

今回の大和王権の決定は、総じて満足できる内容である。清水と橋田の二人が、遣いとして出向いたことで、筑紫連合王国を侮れないとしての判断であろう。二人の留守中に伽耶への出兵の準備は終わった。三月八日より順次出発する」

清水が尋ねた。

「五千人の部隊駐留は、筑紫館周辺のみでは無理ですが、どうされますか」

「派遣先は、大伽耶王《おおかやおう》と相談の上決定するように手はずを整えておる。二人には、まだ報告がある。二月三日、新羅の法興王が、入貢の遣いを八女郷深田まで送ってこられた。二月十日、私も急ぎ返礼の遣いを送ったところである」

「遣いには誰を送られましたか」

「清水の了解は取っていなかったが、三山と蓬姫を派遣しておる。清水の息子であれば、清水をよく知っておいでの法興王が喜ばれるだろうと思ったからだ。また、蓬姫の派遣は異例だが、蓬姫は、我が母紫雲后によく似ており、法興王も丸い瞳を見られただけで、私の娘であるとすぐに気づかれるであろうと思ったからである」

　橘田が尋ねた。

「ところで、生葉郷からの伽耶出兵はどうなっていますか」

「心配はいらない。竹重より、予定どおり出兵するとの報告が来ている」

五月八日、磐井が予想をしていない出来事が起こった。

大伽耶《おおかや》の一国と、金官伽耶《きんかんかや》国より、磐井のもとへ貢物を携えた使節が訪れたのである。

　大伽耶の遣いが口上を述べた。

「磐井大王には、今般、伽耶諸国のために部隊を派遣いただき、ありがとうございました。大和には何回遣いしても、百済のいうなりで、伽耶諸国を守ってはいただけません。これで、伽耶諸国も安心できます。我が国の王よりもくれぐれもよろしくとのことです」

磐井が、よく通る大きな声で返礼の言葉をかけた。

「遠路ご苦労であった。くれぐれも王によろしく伝えてくれ。本日は歓迎の宴も用意している。ゆっくりとくつろいでくれ」

使節は、三日間歓待受けた後、土産を持って帰国した。大量の貢物は、磐井の配慮により連合王国各国に分け与えられた。

五月二十日、三山と蓬姫の一行が新羅より帰国し、三山が報告をした。

「大王様、ただ今帰国しました。法興王は大変喜ばれ、大王や父清水のことを懐かしく話しておられました。くれぐれもよろしくと言われておりました」

かたわらから蓬姫もにこやかに話をついだ。

「私が挨拶いたしますと、法興王は、私を驚いたように見られ、私の面長で丸い瞳が叔母の若い頃にそっくりであると言われました。大王のお考え、なぜ私を遣いに加えられたかがわかりました」

磐井が笑いながら言った。

「二人ともご苦労であった。して、他に報告することはないか」

三山の報告は続いた。

「宮殿が立派であったのにまず驚きましたが、何よりも以前に山川叔父上が話しておられた律令のことが勉強になりました。あれだけのことを行うのであれば、やはり漢字を使わなければならないと思いました」

「よく気づいた。わしもそう思っていたところだ。漢字を本格的にとり入れよう」

だがこれは容易なことではなく、構想はなかなか進まなかった。

嵐の前の静けさ

平穏に四年の歳月が流れ、五一八年六月、岩戸山の墳墓が完成した。

墳墓の特徴は、別区《べっく》にあった。

別区には、裁判の様子を表すため、中央に解部《ときべ》に見立てた一丈《つえ》（約三メートル）もある大石人が立てられ、前には盗人に見立てた正座をした石人が置かれ、側には盗んだものとわかる猪が四頭置かれた。

東側には、二丈四方の石で造った三つの宮殿、北側には一丈半四方の二つの石蔵が置かれた。石殿は、門、階段、しきりのある部屋、屋根など実物そっくりに造られていた。

西側には、三体の武装石人、三疋の飾り馬が並べられていた。飾り馬には、首のまわりに馬鐸《ばたく》（鈴のような音の出るもの）、足を乗せる鐙《あぶみ》、飾りの杏葉《ぎょうよう》が彫られていた。

また、墳墓の周りには、武装した石人、石盾が百二十体並べられ、墳墓の入り口にあたる北と南には、赤・青・白などの顔料で飾った力士に見立てた石人も墳墓の番をするように二体ずつ立てられた。

磐井《いわい》は、墳墓の完成を祝うために祝賀の宴を持つことにした。

宴は、十一月一日に催すことにした。磐井は、幼少の頃から、米・粟などの穀物が収穫され、山野の草木が一斉に実をつける秋が好きだった。

墳墓完成の祝賀の宴を知らせる遣いを各国に派遣していた七月、生葉郷《いくはのさと》より帰った遣いが、橘田《たちばんだ》の伝言を伝えた。

「大王《おおきみ》様、去る三月、継体大王が山背国弟国《やましろのくにおとくに》に宮殿を遷《うつ》されたそうです」

「その噂は聞いていたが、本当だったのか。橘田は他に何か申していなかったか」

「的臣鹿野《いくはのおみかの》様よりの知らせでは、継体大王と大和豪族の対立が強まったので、大和より離れた水上交通の便のよい弟国に宮殿を遷されたようです」

磐井は、まだしばらく大和の対立が続き、半島や筑紫の平穏が続くと判断した。しかし、この見通しは甘かった。

八月六日、継体大王の遣いとして近江毛野《おうみのけな》が八女郷《やめのさと》を訪れ驚くべき事を伝えた。

近江毛野は、頭には白いものが混じっていたが、以前と比べ風格が出ていた。

毛野が継体大王の口上を伝えた。

「磐井様、継体大王が筑紫連合王国の伽耶派遣部隊を撤退してくれとのことです」

「替わりに、大和王権より部隊を送られるのか」

「替わりの部隊を派遣されるそうです」

「そうであれば、大和の派遣部隊の第一陣が到着しだい撤退することにしよう。それにしても遠路の遣いご苦労であった。今日は、久し振りに一緒に夕餉《ゆうげ》をとろう」

磐井は、清水らとともに毛野を歓待し、毛野は、二日間八女郷に滞在し帰国した。

しかしこの申し入れには裏があった。大和王権は、筑紫部隊の派遣以来、大和王権への入貢が激減し、連合王国が強大になるのを恐れ、部隊を撤退させようとしたのである。

十月二十日、大和派遣部隊二千人が伽耶に到着すると、筑紫部隊は撤退した。しかし、大和王権は、二千人を送ったのみで、それ以上の部隊は派遣しなかった。

十月三十日までに、筑紫連合王国各地より、墳墓完成を祝うため、王族側近が八女郷に集まった。また今回は、連合王国外より長門の一国も代表を派遣してきていた。

十一月一日、磐井は愛用の飾り馬に乗り、深田の館に集まった各国の王族側近五十人を岩戸山の墳墓へと案内した。

深田より岩戸山へ向かう途中の平野部では、稲が黄金色の実りをつけ秋の陽射しに映えていた。平地部から、丘陵にさしかかる付近は、椎・樟などの大木が茂り、大木に混じって楓・モミジなどの紅葉樹が色づきはじめていた。

墳墓に到着すると、磐井は馬を下り、別区にある石の宮殿の階段を上り、高いところに立って一行に話しはじめた。

「この墳墓は、各国の応援も得て完成したものであり、筑紫連合王国の宝である。特徴はこの別区にある。皆の後方に立てられているのは、裁きを行っている解部《ときべ》を表したものであり、前に座しているのは盗人である。今後、連合王国は民に裁きの定めを理解させ、公平な政を行うことが大切である。周りに立てている兵士の石人と盾が、墳墓と連合王国を永遠に守ってくれるであろう。今日はゆっくりと墳墓を見学してもらいたい」

この後、連合王国の参加者たちは、思い思いに墳墓の視察を行った。

磐井は、大分君鶴見《おおきたのきみつるみ》を、墳丘に案内した。

磐井は、数十年前に豊国《とよのくに》を訪れ、柚子姫《ゆずひめ》の案内で臼杵郷《うすきのさと》の墳墓づくりを視察したことを思い出し、鶴見を案内したのだった。

高さ七丈《つえ》の墳丘は、二年前に完成し、すでに小さな草木が茂り、秋の深まりとともに紅葉しはじめていた。墳丘前方部の頂上からは、飛形山《とびかたやま》、八女郷《やめのさと》、筑紫海《つくしうみ》、吉野ヶ里《よしのがり》の丘等々広く筑紫国を遠望できた。

鶴見が質問した。

「ここからは、ずいぶんと広い範囲が見渡せますが、前は筑紫海ですか」

「そうだ。筑紫海である。この海は肥国にも通じ、朝鮮半島にも容易に行くことができる。最近では、数多くの半島の船が水沼《みぬま》や船小屋《ふなごや》の港にはいるようになった。また、ここからは、筑紫国が広く見渡せる。はるか彼方に見えているのが吉野ヶ里の丘である」

「吉野ヶ里の丘とは何ですか」

「二百年ほど前に、筑紫には、倭全体を治める王国があった。吉野ヶ里の丘は、王国を守るための大きな館がおかれ、大変栄えたところである」

視察を終えた一行は、深田に戻り、祝賀の宴《うたげ》に臨んだ。

磐井はこの日のために、迎賓館の近くに、数千人が集える広場をつくり、一角に、小さな丸太を並べ、その上に敷物を敷いた大きな台座を作らせていた。一行五十名は、用意されていた台座に座った。

広場には、各地から随行している騎馬部隊や、八女郷の民六千人ほどが集まっていた。

ドーン、ドーンと太鼓が鳴った。

小さな翳《さしば》を持った三十人の童が、一斉に舞台に上がり、それとは別に笛や太鼓を持った童たち五十人が舞台の下に並んだ。

下に並んだ童たちが、笛を吹き、太鼓をたたき演奏をはじめると、舞台の童たちが一糸乱れぬ踊りを披露した。

肥国より、竜北とともに訪れていた藤姫《ふじひめ》が、柚子姫に話しかけた。

「童とも思えぬ見事なものですが、どなたが教えられたのですか」

「八女郷に伝わっていたものを、蓬姫が手を加えて教えたものです」

拍手喝采のうちに童たちの舞が終わり、ドーン、ドーンと再び太鼓が鳴った。

今度は、民たち五十人が鎌や鍬などを持って舞台に上がり、八女郷に古くから伝わる豊作を祝う踊りが披露された。素朴な踊りではあったが、参加者の心を打ち、広場に集まった民たちも一緒になって踊った。その後も民や兵士たちが、次々に唄や踊りを披露した。四時を過ぎると、会場を迎賓館内に移して祝賀の宴が催され、宴は、日が落ちてもかがり火を焚いて夜遅くまで続いた。

戦争の予感

五二〇年四月、磐井のもとへ伽耶《かや》の筑紫館《つくしやかた》より半島の急を知らせる遣いがきた。

「大王《おおきみ》、大変な事態が発生致しました。百済《くだら》部隊が、伽耶諸国に侵入を始めました。筑紫連合王国への救援を依頼してきています」

「大和王権部隊は何をしているのだ」

「百済部隊の侵入を認めているのか、部隊が少人数のため動けないのか、理由はよくわかりませんが、全く動く気配がありません」

「戦況はどうなっているのか」

「大伽耶諸国は、筑紫連合王国部隊が撤退した後、大和王権部隊は当てにならないということで連合して防御態勢をとっており、今のところは防衛に成功しています」

「遣いご苦労であった。急ぎ善後策をたてよう。筑紫館の守備部隊は、二百人だったと思う。交代部隊三百人を率いて急ぎ筑紫館に戻れ」

「ありがとうございます。三百人の交代部隊が派遣されれば、筑紫館の者たちも安堵いたします」

磐井は急遽連合王国会議を招集し、方針を示した。

「伽耶諸国は、この筑紫連合王国のみを頼りにして、苦しい状態の中でも筑紫入貢を続けている。伽耶諸国を見捨てるわけにはいかない。大和王権に対して、約束どおり伽耶諸国救援の部隊派遣を要請することにする。我々は、いつでも伽耶諸国救援に出兵できるように準備をしておくことにする」

五月六日、磐井は、三山《みやま》と白岳《しらたけ》を、山背国弟国《やましろのくにおとくに》の継体大王のもとへ派遣した。

五月十日、再び伽耶の筑紫館より遣いがきて磐井に報告した。

「大王、新羅《しらぎ》部隊が金官《きんかん》伽耶《かや》国に侵入を始めました。大和王権部隊は動く様子がありません。筑紫館も戦にまきこまれるおそれがあります」

磐井が即座に命じた。

「守備部隊のみではどうにもなるまい。即座に館をたたみ撤退せよ。ただし、百人は婦女子を護衛して筑紫に帰国し、残り二百人の部隊は大伽耶諸国の防衛部隊に合流せよ」

六月二十五日、三山と白岳が、山背国弟国より帰国し、三山が報告した。

「継体大王は、一年以内に伽耶諸国に救援部隊を派遣すると言明されました」

「ご苦労であった。筑紫連合王国部隊の伽耶派遣については、何か言われていたか」

「継体大王は何も申されませんでしたが、大伴金村《おおとものかなむら》様が、「百済を刺激してもまずいので派遣しない方がよい」と言われておりました」

と白岳が報告した。

しかし、大和王権は、約束を守らなかった。

この時期、継体大王と大伴金村は、大和の豪族をおさえて大和入りを果たすことに全力を挙げており、半島出兵の余裕はなかったのである。

一方半島では、金官伽耶《きんかんかや》は新羅により、大伽耶は百済によりじりじりと侵略され、滅亡も時間の問題となっていた。

磐井は、伽耶の筑紫館の守備の名目で、数百人の部隊は送り続けていたが、大規模な部隊派遣はできなかった。本格的な救援部隊を出すことは、大和王権との全面的な対立を意味していたからである。

四年後の五二四年五月、近江毛野が、八女郷深田の館を訪れ大和王権の方針を伝えた。

「磐井様、大和の豪族が、ようやく継体大王に服属いたしました。大和に大王の宮殿が築造されていますので、数年のうちに大和入りができます。半島にも数万人の大規模な部隊を派遣することが決定されました。伽耶諸国より、新羅の勢力を排除すると申されております。筑紫連合王国にも一万人規模の部隊派遣をお願いしますとのことです」

「伽耶諸国救援のためであれば、一万人の部隊派遣はやぶさかではない。新羅を排除し金官伽耶国を救援するのはよいが、大伽耶に侵攻している百済部隊はどうされるのか。

新羅は、近年高句麗も撃破し国力が増している。新羅と戦うのは無謀である。大和王権より大規模部隊を伽耶諸国に送った上で、新羅・百済双方に部隊を引くように交渉しなければどうにもなるまい」

「継体大王もその事はご存じですので、伽耶諸国を守られるでしょう」

毛野は、数日後帰国した。しかし、この毛野の遣いも策謀だった。

大和王権には、伽耶諸国の救援の考えはなく、半島のことは百済のいうなりに動いていた。遣いの目的は、磐井に救援部隊を派遣させないことにあったのである。

毛野が大和王権の決定として伝えたことは実行には移されず二年が経過した。

五

継体・磐井戦争

豊国に向かう磐井

降りかかる火の粉

五二六年九月十三日、継体大王《けいたいおおきみ》は、ようやく大和磐余《いわれ》玉穂宮《たまほのみや》に遷都した。

遷都すると、継体大王は、大伴金村《おおとものかなむら》らの側近を召集して自分の方針を示した。

「伽耶《かや》諸国、新羅《しらぎ》からの入貢が、十年ほど途絶えている。筑紫連合王国に入貢しているらしい。磐井《いわい》を討たなければ大和王権は危うい。近々討伐軍を派遣したい」

側近の一人が尋ねた。

「半島伽耶諸国の救援はどうされるのですか」

「伽耶諸国救援部隊は出さない。百済《くだら》に任せておく」

「磐井を討つ理由がありませんが、どうしますか」

と物部《もののべの》麁鹿火《あらかひ》が尋ねた。

「新羅討伐部隊を派遣するということで、磐井に部隊派遣を要請する。磐井は無茶であると断るであろう。さらに、筑紫連合王国以外には、磐井は新羅から賄賂《まいない》をもらい、大和への入貢船を奪って、私しているという遣いを送る」

「賄賂をもらっている証拠はありませんが大丈夫でしょうか」

と麁鹿火が尋ねた。

「大丈夫だ。まず磐井に、新羅討伐のための部隊派遣を要請してみることにしよう」

九月十五日、大和より遣いが出され、遣いには毛野《けな》ではなく磐井の面識のない人物が選ばれた。

十月十日、遣いが継体大王の決定を磐井に伝えた。

「磐井様、継体大王が、新羅討伐の部隊を派遣されます。一万人の部隊派遣をお願いしたいとのことです」

「継体大王は、いつからそのようになられたのだ。新羅討伐は無理であることを承知されているはずだ。継体大王に考え直していただくように伝えよ」

遣いは、帰った。

磐井は事の重大さに連合王国会議を招集し、遣いの口上を説明した。

「大和王権より遣いがきて、新羅討伐のため部隊一万人を派遣せよとの要請がきた。新羅討伐は、考え直し、約束どおりに伽耶救援部隊を派遣するように申し送ったが、再考するとも思えない。今後の対応について結論を出したい。皆、遠慮なく意見を述べよ」

橘田《たちばんだ》が言った。

「大王、その前に報告があります。昨日、大和の的《いくはの》 臣鹿野《おみかの》様からの遣いが到着し重大な知らせが入りました。それによりますと、大和では筑紫連合王国の磐井大王が新羅より賄賂をもらっているとの噂が流れているそうです。また、伽耶諸国の入貢船を遮り、貢物を奪っているという噂もあるそうです」

「吉備《きび》王国の田狭《たさ》様が、新羅より賄賂《まいない》をもらったというぬれぎぬを着せられて殺された前例もある。

多分、大伴金村が、自分が百済より賄賂をもらっているのを打ち消すために流した風聞であろう。

入貢船を遮るなど、とんでもない言いがかりである。伽耶諸国は、敵の百済を援助している大和王権に入貢するはずがないではないか。いずれにしろ筑紫連合王国の命運に関わることである。皆の意見を聞きたい」

「大王、できもしない新羅遠征を口実に、筑紫連合王国に戦いを仕掛けてくるつもりでしょう。もはや戦の準備にかかった方がよいと思います」

火君竜北《ひのきみりゅうほく》が言い、大分君鶴見《おおきたのきみつるみ》が声を荒らげて続けた。

「大和王権は、八年前にも伽耶諸国に救援部隊を出すと偽り、筑紫連合王国部隊を伽耶より撤退させました。二年前にも、わざわざ毛野が八女郷《やめさと》を訪れ、伽耶諸国の救援を約束しました。もはや大和王権のいうことは全く信用ができません」

水沼君風浪《みぬまのきみふうろう》も声をあげた。

「大王、いずれ戦になると思います。海人部隊《あまぶたい》の部隊長会議を招集してください」

安曇志賀《あずみのしか》が、

「海人部隊は、まず長門東部の瀬戸の内海で戦いましょう」

と主張し、宗形君辺津《むなかたのきみへのつ》も賛成した。

「まだ大和王権との戦を決定したわけではない。他に意見はないか」

「戦は避けられないようですので、新羅に遣いを送り、応援部隊を派遣してもらったらいかがでしょうか」

と白木《しらき》山川《やまかわ》が言ったが、清水《きよみず》は慎重に応じた。

「法興王《ほうこうおう》にお願いすれば、応援部隊の派遣はされるであろうが、倭の内部の戦いである。それは避けたほうがよかろう」

長時間の議論が行われ、磐井が方針を決定した。

「半島での無謀な戦を避け、伽耶諸国の独立を守ることは大義である。大和王権が筑紫連合王国をつぶそうとしていることは明白である。大和王権軍は、周防《すおう》・長門《ながと》より西へは一兵たりとも入れない。大和部隊の筑紫侵攻は意外に早いかもしれない。本年度中に戦備えを完了せよ。葛子《くずこ》、風浪、志賀、辺津の四名は直ちに船戦《ふないくさ》の作戦を立てよ。白岳と鶴見はそれぞれ三千人の部隊を編成して、長門へ布陣せよ。竜北は千人の部隊を糟屋《かすや》に派遣せよ。他の者は、帰国し戦備えをして、命を待て。何か申したいことがあれば申せ」

橘田《たちばんだ》が尋ねた。

「長門は六千人程度の部隊で大丈夫でしょうか」

「心配はいらない。長門、周防の豪族も助力してくれるはずだ。また、このたびの派遣部隊は、おそらく筑紫連合王国を威嚇するための部隊であろうから、精鋭ではない。兵も三万くらいであろう。今回は、海人部隊同士の戦いが中心となる。船戦になれていない大和周辺の海人部隊であろうから、わが筑紫海人部隊の敵ではなかろう」

近江毛野軍との衝突

五二七年二月一日、大和王権は、磐井《いわい》のもとへ新羅《しらぎ》遠征部隊が出発するので、一万人の部隊を率いて合流するように要請してきた。

磐井は、即座に拒絶した。

六月三日、継体大王《けいたいおおきみ》は、近江毛野《おうみのけな》に三万の軍勢を与えて筑紫に向かわせた。

毛野は、五千人の部隊を陸路で、二万五千人の部隊は海路で筑紫に進ませ、自らは、大和王権の力を誇示するため、地方豪族に兵士の派遣を要請しながら陸路をゆっくり進んできた。

磐井は、大和王権部隊が、瀬戸の内海を海路で筑紫に進むことを読んで対策を立てた。

海路数万の兵士を運ぶとなると、兵士運搬船が中心で、戦闘にあたる海人《あま》部隊の船は多くないと判断をした。船戦で一気に決着をつけるつもりであった。

毛野が出発したときには、すでに水沼君《みぬまのきみ》風浪《ふうろう》を部隊長とする筑紫《つくし》海人《あま》部隊二百五十隻四千人が、周防櫛ヶ浜《くしがはま》と三田尻《みたじり》の港に分かれて集結していた。糟屋《かすや》安曇《あずみ》海人部隊百隻、船小屋《ふなごや》部隊五十隻、宗形《むなかたの》君《きみ》部隊五十隻、豊国《とよのくに》部隊五十隻合わせて二百五十隻であった。

六月五日、風浪は、三田尻の港に安曇志賀《あずみのしか》・宗形君辺津《むなかたのきみへのつ》らの海人部隊の指揮官を集め、作戦会議を開き、皆に諮《はか》った。

「大和海人部隊を、一気に壊滅、敗走させることが大王様の厳命である。大王が言われていたように三万人の部隊が乗っているとして、どの程度の船数になるであろうか」

辺津がまず、

「三万人の部隊を運ぶには、四百隻の大型運搬船が必要ですので、海人部隊の船も運搬船に使われているでしょう。おそらく、船戦ができる海人部隊は二百隻程度と思われます。二百隻は、運搬船を前後から守りながら進み、船団は長く伸びきります。どこを攻めるかが問題です」

と言い、志賀が、

「船団中央を分断するのが、もっともよいでしょう」

と言った。

いくらかの考えを聞いた後、風浪が船戦の作戦を決定した。

「船団の中央を分断して攻撃する。中央を攻めるのは、櫛ヶ浜の安曇海人部隊百隻と豊国部隊五十隻である。中央にはたいした海人部隊の配置はないので、一方的な戦いになる。また、大混乱に陥り後続の船は敗走するものと思われる。豊国海人部隊は、敗走する船を追い、いくらかの運搬船を奪えばよい。敵は混乱した後方の海人部隊を集めて戦うことは不可能であろう。同時に、宗形部隊五十隻と船小屋部隊五十隻は、三田尻より船団前方の中央を攻撃せよ。ここにも大和海人部隊はいないものとと思われるので一方的な船戦になり、敵は敗走することは間違いない。

残るのは、先頭を進んでいる海人部隊百隻程度になる。後方が壊滅しているので戦う気力は残らないであろうからゆっくり攻めればよい。もともと、この海で戦うことを決められたのは大王である。安心して配置につけ」

十三日昼頃、夏の太陽が照りつける中、大和船団が悠々と櫛ヶ浜沖を通過しはじめた。

風浪が頃合いを見て、

「今だあー、かかれー」

と叫んだ。

安曇、豊国海人部隊百五十隻が、一斉に船団中央に攻撃を開始した。

これを見て、三田尻の辺津も、

「かかれー、かかれー」

と叫んだ。

船戦は、風浪の予想どおり、一方的なものとなった。糟屋、豊国海人部隊の攻撃に対して、大和の兵士運搬船は、矢を放って応戦したが、何分、船いっぱいに兵士が乗っており自由に行動できなかった。ほどなく、十隻ほどの船が沈没したり、船ごと乗っ取られたりすると、他の船は一斉に敗走しはじめた。

風浪が命じた。

「安曇部隊、前方へ移動！　豊国部隊、追えー」

宗形部隊と船小屋部隊も、一方的に攻め立てていた。

兵士運搬船が敗走を始めると辺津が、

「追撃やめー。全隻前方へ進めー」

と叫んだ。

一方、ようやく後方の異変に気づいた大和海人部隊は、後方にとって返し、海人部隊双方による船戦が始まった。

大和海人部隊は、押されながらも一時間ほどは何とかもちこたえた。しかし、後方より安曇海人部隊の船が、戦いに加わりはじめると総崩れとなり、船戦は、筑紫連合部隊の大勝利となった。

大和の海人部隊の半数が壊滅し、海人部隊船五十隻と兵士運搬船六十隻が、筑紫部隊に奪われ、沈没した船も五十隻を超えた。

奪われた船に乗っていた兵士と海に落ち助けられた兵士の捕虜は、四千人にも及んだ。筑紫部隊は、沈没した船二隻、死亡した兵士八人、負傷者五十人と比較的軽微な損害だった。

陸路の部隊は三田尻に、葛子《くずこ》を総大将にして山川《やまかわ》、三山《みやま》部隊六千人と周防・長門部隊三千人が配置についていた。

六月六日、葛子は、作戦会議を招集した。

「陸路は、大和王権部隊の足止めが任務である。戦の方法について各自考えを述べよ」

山川が尋ねた。

「東部山中で足止めするとして、大和王権部隊の兵数はどのくらいでしょうか」

「大王の予測どおりだとすると、五千人程度の部隊と思われる」

「その程度であれば、単なる足止めでなく、大和部隊に打撃を与えた後、足止めしたらいかがですか。周防の部隊長にお尋ねしたい。東から、三田尻に入る道は何本ありますか」

周防の部隊長が答えた。

「二本の道路がありますが、海岸線の道は狭く荷駄の移動は困難ですので、山峡を抜ける道を進んでくると考えられます」

三山が言った。

「葛子様、山峡の地形を利用し、峠付近で大和部隊を分断し、一泡ふかせましょう」

「よし、大和部隊を待ち伏せることにする。峠付近の山中に二千人の兵士を潜ませ、大和兵が、五百人峠を越えた時点で敵を分断する。千人は後続部隊を防ぎ、残り千人が前方の敵を攻撃し、平地部より駆け上がった兵とで挟撃する」

六月十二日、葛子のもとに、大和王権軍が磐国山《いわくにやま》の峠を越えたという報せが入ると、葛子は、直ちに三山に兵二千人を与え、峠付近の山中に潜ませた。

三山は、指示どおりに、五百人が通過するのを待った。

頃合いを見て、三山がドーン、ドーンと太鼓をたたき、

「今だー、かかれー」と叫んだ。

新緑が生い茂った山中の南北より、筑紫部隊が矢を浴びせ、湧くように出てきて、攻撃を始めた。分断された前方の大和兵士は、思いがけない攻撃にたちまち大混乱に陥り、反撃することができずに大部分が降伏し、後方の大和部隊は、戦わずに撤退した。

部隊の中央を進んでいた近江毛野は、最初は何が起こったかわからず、部隊を後方の平地部まで撤退させて報告を待った。海人部隊大敗北の報告を受け、事態を悟った。

毛野は、すぐに腹心の部下数名を集めて言った。

「大変な事態になった。このまま大和に帰るわけにもいくまい。だからといって、このまま進んでも海人部隊半数を失った今、とても勝てる見込みはない」

部下が進言した。

「時間を稼ぐしかありません。筑紫連合王国といったん和議を結びましょう。大和の継体大王には、今回の敗北のことは報せ、救援部隊の派遣をお願いしてはいかがでしょうか」

「和議には誰が立つのか。また和議の条件はどうするのか」

「磐井様は、毛野様でなければ相手になさるまいと思われますので、毛野様自らが行かれるべきでしょう。和議の条件は、新羅への部隊派遣を中止するように、毛野様が継体大王を説得することと、我々新羅遠征部隊の撤退です。なお、和議申し入れに際しては、陣中の武器・糧食を大量に土産として持参いたします」

「そんな子供だましの条件で磐井が納得するだろうか」

「大丈夫です。もともと磐井様は、売られたけんかを買っているだけで、大和王権と戦うつもりはありません」

「そうであれば、私が和議に出向こう。継体大王には、敗北を知らせて大丈夫なのか」

「ご心配はいりません。今回の戦で、筑紫海人部隊の船百隻を沈没させ、陸戦でも二百人の兵士を死傷させ、大損害を与えたことにします。しかも、我々の部隊は、半数以上は無傷と報告します。遣いには、私が立ちます」

七月一日、毛野は、和議を申し入れるため、大量の土産を持参して八女郷《やめのさと》を訪れた。

磐井は、清水、白岳らの側近とともに毛野に会った。

毛野が挨拶した。

「磐井様、今回はこういう事態になり申し訳ありません。今回は、和議に訪れました」

「和議などと、もともと今回の新羅への部隊派遣要請は、戦をする口実ではないか。貴様も継体大王も、私と同じ釜の飯を食った仲ではないか。いちいち命令される筋合いはない。私の考えは、わかっているはずだ。継体大王もかつて男大迹王《おおどのおう》と称されていた頃、大和王権の百済一辺倒の外交を心配されていたではないか。

伽耶諸国を見捨て、新羅と戦っても、兵士の犠牲を増やすのみで、大和王権には何ら得るところはないはずだ。そして、和議の条件は何だ」

黙って聞いていた毛野が、和議の条件を示した。

「一つは、私が新羅への部隊派遣中止を継体大王に進言することです。今一つは、我が部隊の大和への撤退です」

清水が言った。

「それができるならば、今回の戦は起きなかったではないか。無理であろう」

「磐井様、以前にも磐井様を欺き、信を失ってはおりますが、今回は全力を尽くします。なんとかお聞き入れください」

磐井は、毛野が時間稼ぎをして自分の立場を守ろうとしていることは見通していた。毛野を責めても意味がないことがわかっていたし、毛野への温情もあった。

「よかろう。和議としよう」

こうして、和議に成功した毛野は、八女郷を後にした。

物部麁鹿火

六月二十五日、継体大王《けいたいおおきみ》のもとに、近江毛野《おうみのけな》の部下が到着した。

継体大王は、部下の報告をうけ、毛野率いる大和部隊が周防《すおう》で留まっていることを知った。戦を予想していた継体大王ではあったが、さすがに驚き、翌二十六日大伴金村《おおとものかなむら》、物部麁鹿火《もののべのあらかひ》ら側近を集めて善後策を練った。

「昨日、毛野の遣いが到着した。磐井《いわい》を戦いに引きずり込んだのはよいが、毛野軍は周防で立ち往生をしている。応援部隊を送らねばなるまいが、どの程度必要だろうか」

大伴金村は、磐井の力を判断できず、楽観的に進言した。

「新たに三万の応援部隊を送ってはいかがでしょうか。難波《なにわ》海人部隊を再編成いたしましょう。また、陸戦部隊の兵は、武蔵《むさし》など東国を中心に動員いたしましょう」

「三万人で異存がなければ、八月までに部隊を整えよ。八月に軍議を開く」

黙って聞いていた物部麁鹿火が提案した。

「毛野様の部隊が筑紫に上陸していないことからみて、磐井の勢力は、我々の想像以上に強いのではないでしょうか。毛野様部隊は、不意打ちを受けており、二万人も残っていないと判断されます。四万人の動員は必要でしょう。四万人のうち、一万人の部隊は、越《こし》・近江《おうみ》・尾張《おわり》の精鋭部隊でないと筑紫部隊には太刀打ちできないものと思われます」

大伴金村は、当初は不満そうな顔をしたが、麁鹿火の考えの正しいことを知り、うなずいた。

「四万人を動員しよう。内一万二千人は、越・近江・尾張連合王国から動員することにする。大伴金村、早急に手配いたせ。他には申すことはないか」

継体大王は、自らの勢力範囲である越・近江・尾張連合王国からの出兵に踏み切ったのである。

物部麁鹿火が再度意見を述べた。

「海人部隊の動員も考える必要があります。今回百隻を沈没させたとの報告ですが、船戦の状況からして筑紫側の海人部隊の損害はほとんど無いと思われます。難波海人部隊だけでは、おそらく筑紫海人部隊には勝てません。大王、越、尾張の海人部隊を動員できませんか。できれば、近江海人部隊の動員も考えてください」

「それだけ深刻なのか」

物部麁鹿火が説明した。

「筑紫海人部隊は、たびたび半島にも出兵しており、船戦《ふないくさ》にも慣れ訓練されております。長門《ながと》・周防の豪族も筑紫連合王国に与《くみ》していると考えなければなりません。また、半島諸国は、大和には入貢しておらず、連合王国を頼っています。新たな遠征軍も筑紫に上陸できなければ、吉備《きび》など大和王権に不満を持っている豪族が、磐井に与しないとも限りません。そういう事態になれば、大和王権は存亡の危機に陥ります」

仁王のような顔立ちの物部麁鹿火は、顔に似合わず緻密に分析ができる人物であった。半島出兵の経験もあり、戦の情勢判断は的確であった。

年老いた継体大王は、風貌こそ往年の精悍さを失ってはいたが、依然として眼光は鋭く、頭の回転は鈍っておらず、麁鹿火の意見をとり上げた。

「越、尾張、近江の海人部隊を動員しよう。早速手配にかかれ」

遣いが全国の豪族に出され、大和王権は臨戦態勢をとった。

また、継体大王は、遣いとは別に、息子勾大兄皇子《まがりのおおえのみこ》（安閑天皇）と檜隈高田皇子《ひのくまのたかたのみこ》（宣化天皇）を、尾張と越に派遣して出兵要請をし、万全を期した。

七月二十日、磐井のもとへ葛子《くずこ》の遣いが来て、大和部隊が撤退する気配がないことを伝えた。

七月二十二日、磐井のもとへ、越の海人部隊に動員がかかり部隊編成が行われているという情報がもたらされた。

七月三十日、磐井は軍議を開き、情勢を説明した。

「毛野の和議は、予想したとおり偽りであった。部隊を撤退させるつもりはないようだ。越の海人部隊に、大がかりに動員をかけられているとの情報が入った。越以外にも尾張など全国の海人部隊に動員をかけているものと思われる。八月末に筑紫に部隊が到着するものとして作戦を立てたい。何か尋ねたいことがあれば、自由に述べよ」

火君竜北《ひのきみりゅうほく》が尋ねた。

「新たな大和部隊の兵はどれくらいの人数になるでしょうか」

大分君鶴見《おおきたのきみつるみ》が尋ねた。

「大和部隊はどこから筑紫に上陸するつもりでしょうか」

そして、的臣橘田《いくはのおみたちばんだ》も尋ねた。

「大和的臣鹿野《かの》様からの遣いでは、新たに四万人の兵士が動員されるとのことです。全体でどれくらいの部隊になるのでしょうか」

「大和部隊は、毛野部隊と併せても最大限六万人であろう。越・尾張などの海人部隊が動員されているから、筑紫への侵入路は、瀬戸の内海からだけではあるまい。越部隊が、長門の北より玄海の海に進むことが予想される。これらを総合して、今回の戦では、筑紫の上陸地点に海・陸部隊を集めて防衛線を敷くことにする。周防・長門に展開している海・陸部隊は直ちに撤退する」

軍議に参加するため長門より帰国していた水沼君風浪《みぬまのきみふうろう》が言った。

「わが海人部隊は未だ無傷です。敵の船も奪っていますので以前より強化されています。大王、先の船戦の経験からしても、瀬戸の内海で戦っても敗けるとは思いません。周防・長門での船戦はできませんか」

「風浪の意見はもっともである。しかし、今回は、瀬戸の内海での船戦はしない。今回は、大和海人部隊も増強され、船数もわが部隊と互角以上と見なければならない。船戦が長引く場合には、北から越海人部隊の筑紫侵入を招くおそれがある」

風浪が尋ねた。

「大王、それではどこで大和海人部隊を迎え撃ちますか」

「大和部隊の筑紫上陸は、大部隊であるので何カ所もは考えられない。進入路を想定し、大きく四つの場所に防衛拠点を設ける。

第一は洞海《くきのうみ》周辺の防衛である。ここには大抜《おおぬく》海人部隊五十隻、豊国《とよのくに》海人部隊五十隻千五百人と運搬船百隻を配置する。また、大抜に防衛陣地を築き、筑紫国より二千人、豊国より三千人の部隊を配置し守備させる。部隊長は、葛子である」

洞海《くきのうみ》は現在の洞海湾にあたり、大抜は、後に屯倉《みやけ》が置かれた北九州の要衝であった。

「第二は崗水門《おかのみなと》と宗形の海一帯の防衛である。ここには、宗形《むなかた》海人部隊百隻千五百人と運搬船二百隻を配置する。崗水門と宗形に防衛陣地を築き、それぞれ六千人の部隊を配置する。ここには生葉郷より部隊二千人を応援部隊として派遣してもらいたい。部隊長は、辺津《へのつ》である。橘田《たちばんだ》は、副部隊長として補佐せよ」

崗水門は、遠賀川河口にある古くからの港である。また、宗形の海は、遠浅の砂浜海岸が多く、当時の船が上陸しやすい地形が多かった。

「第三は、糟屋《かすや》の港防衛である。ここには安曇《あずみ》海人部隊百隻千五百人と運搬船二百隻を配置する。糟屋の陣地には、五千人の部隊を配置する。ここには肥国《ひのくに》より二千人の部隊を派遣してもらいたい。海人部隊長は志賀《しか》、守備部隊長は白岳《しらたけ》とする。

第四は、筑紫海の防衛である。これには肥国海人部隊百五十隻と船小屋海人部隊七十隻であたる。海人部隊長は風浪、守備部隊長は三山《みやま》である」

安曇志賀が尋ねた。

「洞海、崗水門、宗形の港に海人部隊すべてを集め、一気に決着をつけてはいかがでしょうか」

「大和王権は、命運をかけて海人部隊を集めているものと思われる。船隻数は筑紫部隊が少ないと判断しなければならない。敗れはしないだろうが、防衛線が弱くなり、すぐに陸戦部隊の上陸を許す危険性がある。今回の戦いは日数が勝負である。一年以上も続けば我々に有利にはたらく」

三山が尋ねた。

「戦が長引けば我々が有利になるのは何故ですか」

「考えてもみよ。大和王権は、毛野部隊と併せて陸戦部隊だけでも七万人の動員である。海人部隊、荷駄部隊などを含めれば十万人近くにはなるはずだ。これだけの部隊で一年以上も我々を制圧できないとなると、大和王権の力が弱いことを内外に示すことになり、権威は失墜して、継体大王はもたなくなる。

半島では、新羅《しらぎ》が金官伽耶《きんかんかや》を攻めているが、放置すれば金官伽耶は近々滅亡するであろう。そうなれば大和王権は、伽耶諸国より全くあてにされなくなる」

火君竜北が尋ねた。

「筑紫国は、筑紫北方の海岸線に一万六千人もの防衛部隊を配置することになります。八女郷には四千人程度しか残りません。我が国より部隊を送りましょうか」

「否それには及ばぬ。最悪、大和部隊が筑紫海に侵入しないとも限らない。肥国部隊はそれに備えてもらいたい」

風浪が尋ねた。

「各地の港に運搬船を配置されますが、運搬船はどう戦わせるつもりですか」

「すべての船に弓部隊を乗せ、敵の海人部隊に矢を浴びせることにする。海人部隊にも弓を引ける者はいるだろうが弓部隊には及ぶまい。敵が近づいたら逃げればよい」

軍議は終わり、筑紫連合王国部隊は、八月中には配置についた。

一方大和では、八月一日、大伴金村、物部麁鹿火、許勢男人《こせのおひと》らが召集され、継体大王が諮《はか》った。

「磐井征討の準備が整った。征討将軍を決定せねばならぬ。誰がよいか推挙致せ」

大伴金村が推挙した。

「大王、物部麁鹿火が最適任者です。知略もあり、豪勇の誉れが高く右に出る者はありません」

皆が一様に賛意を表すと、継体大王が斧鉞《まさかり》を自ら取り、麁鹿火に授けて命じた。

「麁鹿火、そちを磐井征討将軍に命ずる。直ちに磐井を討て。磐井を討ったならば、長門より東は朕《ちん》が治めよう。筑紫より西はそちが支配せよ。賞罰はいちいち朕に奏上する必要はない。ただし、一年以上戦いを長引かせぬように配慮せよ」

大伴金村が尋ねた。

「一年と戦を急がれるのはどうしてですか」

「磐井との戦いは、やがて半島諸国にも伝わるであろう。戦が長引けば、半島での大和王権の権威は失墜し、入貢する国はなくなるであろう」

物部麁鹿火が大声で力強く決意を述べた。

「大王、ご安心ください。征討軍は六万人にも及びます。また、各地の海人部隊は千隻二万人にも及びます。半年もあれば磐井を討ってご覧に入れます」

大和部隊の筑紫上陸

八月八日、物部麁鹿火《もののべのあらかひ》は、勇躍、大和を出発し筑紫《つくし》に向かった。

八月三十日、毛野《けな》軍と合流した麁鹿火は、陸戦部隊はすべて周防《すおう》に残して、瀬戸の内海を海人《あま》部隊六百隻で長門に向かった。

麁鹿火は、長門沖で筑紫海人部隊が待ち伏せしていると判断し、長門沖合で船戦をする予定であった。船戦《ふないくさ》は長引くとの判断も立て、戦いの最中、越《こし》・敦賀《つるが》・丹波《たんば》などの海人部隊を北から投入し、筑紫海人部隊を殲滅《せんめつ》する作戦だった。

長門にさしかかると、部隊を停止させ、十隻の物見船を出した。半日後、物見船が、麁鹿火の乗っている大型船に戻ってきて、物見の長《おさ》が報告した。

「長門の海には海人部隊らしき船は見あたりません」

麁鹿火は、長門での挟撃作戦が見通されていることを知った。

八月三十一日、麁鹿火は、穴《あな》の海《うみ》の瀬戸にも物見船を出したが、筑紫の海人部隊はいなかった。穴の海とは、現在の関門海峡のことである。

この時点で、麁鹿火は、玄海の海のいずれかでの大規模な船戦を想定した。

九月一日、麁鹿火部隊は、崗水門《おかのみなと》沖合で北方海人部隊と合流し作戦会議を持った。

各地の海人部隊長を集めて麁鹿火が諮《はか》った。

「船戦がどこになるのかを判断せねばならぬ。考えがあれば述べよ」

尾張《おわり》の海人部隊長熱田《あつた》が言った。

「物見の様子では、洞海《くきのうみ》、崗水門に多少の船はいますが主力とは思えません。糟屋《かすや》の港付近まで広く物見を出して、主力がどこにいるのかを探る必要があります。船戦に強い筑紫海人部隊が、すんなりと上陸を許すとは考えられません」

麁鹿火は、主力の海人部隊を探すために物見船を大がかりに出し、物見船から報告を聞くと、筑紫海人部隊が各港に分散して上陸を防ごうとしていることを知った。

九月二日、麁鹿火は再度各地の海人部隊長を集めて軍議を開き、諮った。

「筑紫海人部隊は、港に分散しているようである。一気に上陸する以外にあるまいがどこから上陸したがよいだろうか」

敦賀《つるが》の海人部隊長気比《きひ》が言った。

「千隻もの船がありますので、分散して上陸してはいかがでしょうか。上陸できる場所を決めることが必要です」

難波《なにわ》の海人部隊長住吉《すみよし》が言った。

「私は、以前に糟屋と崗水門《おかのみなと》の港に行ったことがありますが、この二つの港は大部隊の上陸が可能です。洞海《くきのうみ》と宗形の港も大部隊の上陸は可能と思われます」

麁鹿火が、

「他にはないか」

と尋ねた。

丹波《たんば》の部隊長舞鶴《まいづる》が言った。

「他にも小さな港はあるとは思われますが、筑紫海人部隊を壊滅しなければ、上陸後の補給に影響します。筑紫海人部隊のいる港を攻撃した方がよいと思われます」

結局、麁鹿火は、磐井の予想どおり四つの港から上陸することに決定した。

「四つの港より一斉に上陸する。周防に遣いを出し陸戦部隊六万人を集結させよ」

九月四日、大和部隊は集結を終え、九月五日には大和海人部隊は各港に迫った。

麁鹿火は、夜が明けるのを待って、難波・近江海人部隊三百五十隻を率いて洞海を攻め始めた。海人部隊がもっとも少なく弱体と見て、洞海に迫ったのである。

一方磐井は、前もって各港の守備隊長に命じていた。

「一カ月上陸を防げば、大和部隊を最低でも一万人倒すことになる。一カ月は港を死守せよ。今の時期である。一カ月のうちには必ず秋の嵐が来る。海上にいる大和部隊は大打撃を受けるであろう」

洞海は、南北両側に崖があり、東西に細長い湾であった。

洞海を守る葛子は、湾の入り口より十丈《つえ》（約三十メートル）ほど湾内にはいった地点に五十隻の大《おお》抜《ぬく》海人部隊と五十隻の運搬船を並べて防衛線を敷き、湾のまわりの崖上に弓部隊を配置し、海人部隊た。

を支援させた。

葛子《くずこ》はできるだけ日数を稼ぐ作戦を立てていた。

湾には百隻以上は一度には侵入できず、まず、難波海人部隊の船百隻が、湾に侵入を始めた。しかしかし、崖上から降るように飛んでくる矢のために崖の近くは通れず、湾の中央部を進み、防衛線に迫った。

防衛線まで五丈《つえ》（約十五メートル）になると難波海人部隊は、運搬船弓部隊からの攻撃にさらされた。予想もしない事態にほとんどの船が負傷者を出し、たちまち混乱に陥った。

運搬船弓部隊が攻撃を終え後退すると、大抜海人部隊五十隻が攻撃を加え始めた。

後方にいた部隊長の住吉《すみよし》は、思わぬ事態に、いったん退却を命じた。この戦で、二十隻の船が沈没したり乗っ取られ負傷者は百人にも及んだ。

住吉は、小部隊長を集め対策を立てた後、午後再攻撃を加えた。弓部隊の攻撃を防ぎながら進み、弓部隊が撤退した後、新たな部隊を投入して筑紫海人部隊と戦う作戦であった。

早朝と同様、葛子の弓部隊が攻撃を加えた時点で「ひけー、ひけー」と住吉が叫んだ。

筑紫海人部隊が追撃を始めると、新たな難波海人部隊百隻が迫ってきた。

葛子も新たな作戦を立て、ドーン、ドーンと太鼓を鳴らした。この太鼓の音で、筑紫海人部隊は一斉に後退した。追撃を始めた難波海人部隊は、後方に待ちかまえていた弓部隊の攻撃を受け、早朝の戦いと同様の結果となった。

この日の船戦で、難波海人部隊は、四十隻の船、百人以上の兵士を失った。一方、筑紫海人部隊は一隻の船も失わずに、負傷者が三十人にとどまった。

沖合に引き上げた住吉は、麁鹿火の船に戻り、報告した。

「申し訳ございません。本日の戦いは敗北に終わりました」

「戦に勝ち負けはつきものである。筑紫海人部隊の船隻数はどれくらいと見られるか。また、防衛部隊の陣地はどのようになっていたか」

「弓部隊が乗っていた普通の運搬船百隻、海人部隊の船百隻程度と判断致しました。上陸地点は狭くしてあり、かなりの準備をしているものと思われます」

「よしわかった。他の港より船戦の報告を受けた後、対策を立てよう」

そばで聞いていた近江の部隊長比良《ひら》が言った。

「麁鹿火様、あまりゆっくりはできません」

「どういう事だ」

「今の時期です。秋の嵐が来ます。これだけの船が、風を避ける港は全くありません」

「皆を動揺させないため黙っていたが、磐井が大規模な船戦を避け各地の港を防衛しているのは、そのためであろうと判断している。だからといって、闇雲に戦うわけにもいかぬ。報告を待とう」

翌九月六日、各地から報告が届いた。いずれの遣いも、抵抗が予想以上に強く、すぐには上陸が不可能であることを伝えた。

麁鹿火は、多少の犠牲は出しても洞海《くきのうみ》の海人部隊を壊滅させることを決断した。葛子は、再び敵が攻撃する際には、犠牲覚悟の総力戦になると想定して対策を立てた。戦闘の経験こそ無かったが、葛子は常日頃から磐井や側近たちから戦の様子を聞いており、戦には工夫が必要であることを知っていた。

運搬船に弓部隊を乗せるのは磐井の発案だったが、葛子も独自に戦の工夫をした。筏《いかだ》の活用だった。

九月五日の戦いの後、洞海の崖が低くなっている岸辺に、二百の筏と百隻の小舟を配置して、陸戦部隊の兵八百人を乗せ、脱出用に無数の縄梯子《なわばしご》も用意させた。

葛子は、八月二十五日洞海に到着したときから、この船戦を予想し、腹心の部下釘崎《くぎさき》に命じて、新たに大量の筏を作らせていたのである。

九月七日早朝、麁鹿火らの乗った大型戦闘船三隻を含む三百隻の海人部隊が湾内に侵入した。沖合では二千隻の兵士運搬船も突入体制をとった。

麁鹿火は、この日に筑紫海人部隊を壊滅させ、上陸にかかる予定だった。

この日は、すでに手の内を知り尽くしている難波海人部隊が先頭を進んできた。

湾の入り口でドーン、ドーンという太鼓の音が響いた。

崖下の岸辺に展開している八百人の弓部隊が、難波海人部隊に矢の雨を降らせた。この攻撃は、やっかいであった。難波部隊が、筏の兵を攻めようとすると、崖の上から矢の攻撃を受けるからであった。また、筏には筑紫精鋭部隊の兵が配置され、意外にしぶとかった。縄梯子で逃げる準備をしていたことも兵を勇敢にしていた。この様子を見ていた麁鹿火は、筑紫部隊が侮れないことを痛感した。

麁鹿火は、難波部隊にかわって、近江海人部隊の船を先頭にして湾内に侵入させた。

この日は、運搬船と豊国《とよのくに》海人部隊が防衛線を敷いていた。

五日の戦いと同様、近江海人部隊の損害が増えたが、前回とは違って多勢に無勢、じりじりと防衛線は後退し、正午頃には湾の半分ぐらいまで押された。筏の兵たちも抵抗が限界となり、崖上に引き上げた。

戦況を見ていた麁鹿火は、この日も筑紫海人部隊の壊滅ができないことを恐れて、大型船三隻を投入して一気に勝敗を決しようとした。

太鼓がドーン、ドーン、ドーンと打たれ、麁鹿火が叫んだ。

「進めー、進めー、かかれー、かかれー」

大型戦闘船には、弓部隊の攻撃は効果がなく、悠々と前進をはじめ、筑紫海人部隊は追いつめられはじめた。

この時であった。湾の内側より、大型の運搬船六隻が、奇妙な丸太をそれぞれ二本ずつ船に乗せ、大型戦闘船に向かって突進を始めた。大抜《おおぬく》海人部隊五十隻も、運搬船を守りながら麁鹿火率いる大型戦闘船に向かって攻撃を始めた。

葛子は、大型戦闘船を破壊する対策も立てていた。筑紫の海人部隊は、大型戦闘船を七隻保有していたが、この船戦では、他の三つの港に配置され、洞海《くきのうみ》の守備には回されていなかった。

葛子は、数年前風浪《ふうろう》とともに大型戦闘船を建造した際に、破壊するための道具も考案していた。打ち壊し丸太の先には、鉄製の銛《もり》のようなものがくくりつけられていた。

運良く潮の流れも変わり、大型戦闘船の周りには、大抜海人部隊の五十隻と、運搬船が群がった。

大型船の前方には難波部隊二十隻が、進んでいただけで、他船は後方に配置されていた。

「矢を放てー、船を近づけるなー」

鹿鹿火が叫んだ。

大抜海人部隊と運搬船は、犠牲覚悟の攻撃を続けた。銛をつけた丸太の威力は大きく、ドスン、ドスンと丸太が当たり、三隻の大型戦闘船は、船腹にいくつかの穴をあけられ浸水を始めた。

後方の船より戦況を見ていた葛子は太鼓を打った。

ドーン、ドーン、ドン、ドン、ドーン。

この太鼓の合図で、大型戦闘船を攻撃していた大抜海人部隊と運搬船が撤退を始めると、大型船後方の難波・近江海人部隊が、大抜海人部隊を追撃しはじめた。

葛子は、これ以上の船戦は困難と見て、水際での上陸阻止作戦に切り替えようと考えていたが、上陸阻止の体制を整えるため、時間稼ぎをする必要があった。

再度、ドーン、ドン、ドン、ドン、ドーンと太鼓を打ち、最後の攻撃をかけ時間を稼ごうとした。

豊国海人部隊四十五隻と運搬船百隻が、難波・近江海人部隊を迎え撃った。予想しない反撃にあった難波・近江海人部隊は、体勢を立て直すため、一時的に後退をはじめた。

浸水しはじめている大型戦闘船の篝鹿火は、船戦に慣れていなかった。時間稼ぎと見抜けずドーン、ドーンと太鼓を打たせ、「引けー、引けー」と叫んでしまった。

住吉と比良は、筑紫海人部隊にはもはや余力が残っていないことを見抜き、数時間で壊滅できると判断していたので、撤退は残念であったが、命令には逆らえなかった。夕刻前に、大和海人部隊は湾外に去った。

しかし、住吉は、さすがに船戦に慣れていた。沈没したり、使用不可能な大型戦闘船二隻を含む百隻以上の船は、湾内に置き去りにしたが、岸辺に置き去りになっている二百近い筏や小舟は、沖合に持ち去った。また、海に落ちた筑紫兵二人を捕えた。

葛子は、大和海人部隊が湾外に去った後、豊国部隊長の高塔《たかとう》と高島《たかしま》を呼んで、味方の損害状況をまとめさせた。二日間の船戦で死亡したり行方不明になった兵士三十人、負傷者二百人と、兵士の損害は激戦の割には少なかったが、二百の筏と海人部隊の船五十隻を失った。

葛子は、釘崎、高塔、高島らを集め、方針を示した。

「船戦は本日で終了し、明日から上陸阻止作戦に切り替える。異存はないか」

高塔が言った。

「我が部隊は、本日の大型戦闘船攻撃に参加しておりません。まだ四十五隻は残っています。もう一日船戦をいたしましょう」

「ありがたい申し出であるがそれはできない。明日船戦を行えば、海人部隊は全滅するであろう。大王からも、全滅するような戦は禁じられている。高島、兵は大切にせねばならぬ。上陸阻止の戦をした方が兵を失わない。釘崎、早速上陸阻止の準備にかかれ。

高塔と高島は、残っている船すべてを陸に運び、隠せ。船を敵に使わせることはない。敵は、上陸が終われば洞海《くきのうみ》を引きあげるはずだ。船は、その後使えばよい」

一方、龜鹿火は、損害が軽微でまだ戦闘可能な自らの乗っている大型戦闘船に、住吉と比良を呼んで、明日以降の作戦を練った。

「本日の船戦、ご苦労であった。まず、味方の損害状況を把握せねばならぬ。損害はどの程度になるか」

住吉が答えた。

「敵を甘く見ていました。損害は予想より多く、死亡したり、行方不明となっている兵士が三百人、負傷者は千人にのぼると思われます。それに捕えた筑紫兵を問いただしましたところ、筑紫部隊長は、磐井《いわい》の息子葛子ということがわかりました」

「なに、葛子だと、道理ですごい戦をするわけだ。心してかからなければならぬ。明日以降も船戦をしなければならない。海人部隊の船は、どれくらい残っているか」

比良が答えた。

「百五十隻近い船が沈没したり戦闘不能に陥っていますが、二百隻は残っています」

「敵の海人部隊もかなり残っているようであるが二百隻で大丈夫か」

住吉が答えた。

「大丈夫です。敵の戦闘できる船はせいぜい五十隻でしょう。筏と小舟はすべて奪ってきておりますので一時間もあれば、筑紫海人部隊は壊滅できます。ただ、筑紫に到着して七日が経っています。秋の嵐が心配です」

「わかっている。明日は上陸作戦を実施する」

九月八日早朝より、難波・近江海人部隊が再度洞海に侵入した。筑紫海人部隊の抵抗は、全くなく、大和陸戦部隊が、港より上陸を始めたが港はせまく、千人程度の兵しか港に上陸できなかった。港の上には、防塁が強固に作られており、近づく兵は矢で討たれた。港以外の崖にも兵が配置され、崖を上るのも困難であった。

二時間ほど、攻撃を続行した麁鹿火は、いったん兵を引き、次の作戦を立てるため、住吉、比良と陸戦部隊の長を集め軍議を開いた。

この時、崗水門《おかのみなと》を攻めている毛野より遣いがきて報告した。

「崗水門の筑紫海人部隊は壊滅いたしました。今、上陸作戦に移っているところです。我が海人部隊は、宗形港の海人部隊を攻撃中の応援に回っています」

「ご苦労であった。ここも明日は筑紫海人部隊を壊滅できるであろう」

軍議で麁鹿火が諮った。

「あれだけの防衛陣地を敷いているので、工夫が必要である。何か考えがあれば申せ」

麁鹿火の側近が言った。

「正面から攻撃は続け、梯子《はしご》など崖を上る道具を急ぎ作らせましょう。幸い、筏がございます」

「よしわかった。本日中に梯子を大量に作れ。住吉と比良の両名に命ずる。本日中に、この洞海《くきのうみ》以外に上陸できそうな港はないか探してまいれ」

「ただちに探します」

夕方、二人は、付近の海岸を偵察した後、麁鹿火の船に戻り報告した。

「麁鹿火様、港らしい港はございませんが、少人数であれば、上陸できそうな場所は数カ所ございました。明日上陸してみます」

九月九日、梯子を使って上陸作戦が敢行され、戦いは終日続いたが守りは固く上陸はできなかった。

夕方になると、住吉と比良が帰ってきて報告した。

「思ったより上陸は困難でしたが、何とか五十人の兵は上陸させるができました。明日は、もう少し多くの兵を上陸させるように手だてを尽します」

麁鹿火は五十人ではどうにもなるまいと焦ったがどうしようもなかった。

一方葛子は、物見の兵より、少数の兵が上陸した報告を受け部下に命じた。

「秋の嵐まで、海にとどめねばならない。二百人の兵で海岸線を見張れ」

九月十日、終日攻防戦が続いた。攻防はさらに三日間続き、その間に大和部隊は、洞海以外より二百人が上陸に成功していた。だが兵士の数が少なく、すぐには筑紫部隊を攻撃することはできなかった。

九月十四日夜明け、再び攻防がはじまった。洞海以外から上陸する大和王権兵士が徐々に増えていることを知り、焦りはじめていた葛子の所へ高塔が来て報告した。

「葛子様。秋の嵐が来ます。雲の動きが速くなり、風も出ています」

葛子は、気づかなかったが、天候に敏感な高塔は、秋の嵐が近いことを察知した。半信半疑の葛子が言った。

「高塔、本当か。一カ月持ちこたえるのは困難であるので、秋の嵐が来れば助かる」

「大丈夫です。明日には大嵐になります」

この頃、崗水門《おかのみなと》では、防塁のない港以外から五百人ほどの大和部隊が上陸していた。また、宗形海人部隊は、降伏か、全滅かの瀬戸際にたたされ、辺津《へのつ》は、山川・橘田《たちばんだ》と三人で相談していた。

「明日には秋の嵐が来ることは間違いありません。しかし、今日戦えば、敵海人部隊の船は三倍もあり、全滅することは必至です。いかがいたしましょうか」

三人は、磐井より事前に「全滅する戦はするな」と厳命されていた。

磐井は常日頃から、民を大切に扱い、このような命を下していたのである。

山川が言った。

「無念であるが降伏をして、敵の上陸を一日延ばしてくれ」

橘田も賛意を述べた。

「大王の命は守らねばなりません。辺津様、涙を呑んでください」

辺津が言った。

「全滅するより、降伏した方が時間が稼げます。降伏の合図の旗を立て、遣いを送って時間を稼ぎましょう。お二人は、陸戦部隊による上陸阻止態勢を整えてください」

夕方より風雨が強まり、大和の兵士運搬船、海人部隊の船は一斉に避難しようとしたが、安全な場所に避難できた船は少なかった。

九月十五日未明より秋の嵐が、玄海の海を襲った。

筑紫社の攻防

秋の嵐は去った。一カ月間の上陸阻止はできなかったが、半月持ちこたえたために秋の嵐が来て、筑紫連合王国を救った。

筑紫連合王国は、大抜《おおぬく》・崗水門《おかのみなと》・宗形《むなかた》の海人《あま》部隊が壊滅ないしは降伏に追い込まれたが、この秋の嵐により、大和部隊は、全兵力の三割にあたる将兵二万人を失った。

九月十八日、麁鹿火《あらかひ》は、崗水門、宗形港より大和部隊二万人の上陸を敢行させた。

山川《やまかわ》は、崗水門付近の砦に三千人の守備部隊のみを残し、他の部隊一万人は、宗形港付近に集中させた。

上陸作戦の指揮をとった毛野《けな》は、十八日早朝より、一万人を崗水門より、一万人を宗形港より上陸させた。崗水門の大和部隊一万人は、抵抗無く上陸した。

宗形上陸部隊の指揮をとっていた毛野は、必死だった。

「かかれー、かかれー」

と叫び、自らも先頭に立って上陸した。

上陸阻止作戦を練っていた山川は、冷静だった。騎馬部隊三千人を待機させ、上陸する大和部隊を見ていた。丁度、五千人が上陸した時点で攻撃の合図の太鼓をたたいて、

「今だー、かかれー」

と叫んだ。

上陸途中の大和部隊は混乱し、筑紫部隊の一方的な戦いとなり、一時間ほどの攻撃で、大和部隊は、三百人の兵を失い二千人の負傷者を出した。しかしこの間に、部隊のほとんどが、上陸を終わった。

山川と橘田《たちばんだ》は、兵士の数はほぼ互角と判断し総攻撃をかけた。戦いは、圧倒的に筑紫部隊優位に進んでいた。

上陸したばかりで、数も互角では、大敗北をすると判断した毛野は、非常手段をつかった。港にいる海人部隊三千人を上陸させ、戦闘に加え、戦いは互角となった。午後になると、山川は部隊を撤退させ、宗形社《むなかたのやしろ》付近の砦を中心に防衛線を敷いた。味方兵の犠牲を少なくし、戦いを長期化させるた

めであった。

九月十九日、葛子《くずこ》は、なお洞海《くきのうみ》に留まり上陸を阻止していたが、数万の大和部隊が崗水門と宗形に上陸したことを知ると、高塔《たかとう》、高島、釘崎《くぎさき》らを集め諮った。

「崗水門、宗形付近に、数万人の大和部隊が上陸した模様である。ここで戦いを続けると孤立するおそれがある。次の作戦に移りたい。考えはないか」

釘崎が進言した。

「先頃の秋の嵐で、大和部隊には相当の犠牲が出ており、初期の目的は果たしました。我部隊は、防衛に適した山間部に撤退しましょう。また、今後の戦は、相当長期になると予想されます。葛子様は、いったん八女郷《やめのさと》に帰り、大王《おおきみ》の判断を仰いでください」

「いったん八女郷には帰らねばなるまい。大和王権部隊との戦は長引かせなければならぬ。山間部への撤退は考えていたところである。場所はいずれがよいか」

高塔が答えた。

「福智《ふくち》の山々が、もっとも適当でしょう。食料さえあれば一年でも二年でも戦えます」

葛子が方針を決定した。

「高島に命ずる。海人部隊を率いて豊国に帰り、鶴見様に戦の様子を知らせよ。

高塔は、大抜部隊千人と豊国《とよのくに》応援部隊千人を指揮し、福智の山々北方に展開せよ。また、残りの豊国応援部隊千人は、海人部隊とともに帰国させる。

釘崎は、筑紫部隊二千人を率いて、福智山西方に展開せよ。私は筑紫部隊千人を率いて八女郷にいったん帰ることにする。

高塔と釘崎に命じておく。戦いに勝つ必要はない。長引かせればよい。大部隊が攻撃してきたら山に逃れ、大和部隊が西へ移動を開始したら追撃せよ」

布陣が完了すると、葛子は八女郷に帰った。この残留部隊配置は、適切であった。篝火は、以後この部隊に悩まされ、宗形付近に五千人の部隊をおさえとして残さなければならなかった。

一方、糟屋《かすや》の港で戦っていた安曇《あずみ》海人部隊は、秋の嵐により、大和部隊の船が多数失われたことが幸いし、十月になっても船戦《ふないくさ》を続けていたが、洞海、崗水門、宗形港等々より大和海人部隊が合流してくると敗色が濃厚となった。

十月二日、安曇志賀《あずみのしか》のもとへ、三山《みやま》が磐井《いわい》の遣いとして来て伝えた。

「志賀様、「海人部隊の役割は終えた。筑紫海《つくしうみ》に向かい船小屋《ふなごや》部隊と合流せよ」という大王様の命です」

また三山は、その足で宗形社《むなかたのやしろ》の砦に向かい、山川らに磐井の命を伝えた。

「山川様、筑紫社《つくしのやしろ》付近まで撤退し、いったん八女郷に帰れとも言われています」

「無傷に近い状態であるのに残念だ」

三山が笑いながら伝えた。

「大王は、「たぶん勝ち戦を続けているので、敗れることはないと言うだろうが、糟屋《かすや》に大和部隊が上陸すれば挟撃され、損害が大きくなる。無傷のうちに引け」と言われていました」

山川も笑って言った。

「何もかもお見通しだな。早速撤退しよう」

糟屋港の安曇海人部隊は、夜陰に紛れて西方に撤退した。なお、拠点を失った安曇一族の半数は、志賀の命により筑紫海には向かわずに北方へと去った。

大和部隊一万人は、五百人の兵を失い、二千人が負傷しながらも上陸した。

麁鹿火は、陸路を西へ進み、途中毛野軍と合流して、十月十日には糟屋に陣を構えた。六万人の部隊は、秋の嵐で二万人を失い、戦いでも二千人の死者や行方不明者を出し、負傷者も六千人に及び、戦える将兵は三万二千人まで減少していた。

一方、筑紫社に防衛線を敷いた筑紫部隊は、肥国の応援部隊二千人を加えて一万五千人であった。

麁鹿火は、二倍以上の兵力で攻めたてたが、筑紫社の防衛線は強固であり、何度攻撃しても崩せず、冬となった。

大和部隊は、一月末になると、飢えと寒さと雪に悩まされ、危機的な状態に陥った。「秋の嵐」により食料の大半を失い、食料の蓄えがなかったからである。秋までは、近隣の民の家に押し入り食料を奪うことができたが、日を追うごとに食料を求めることが困難になっていった。また、筑紫社の守備隊長白岳が、この事態を予測し、婦女子を含めた筑紫郷の民をすべて砦内や戦の場所より遠い安全な地域に移動させていたことも食料確保ができない要因となっていた。

麁鹿火は、すでに降伏した辺津に命じて食料を調達させようとした。辺津は、表面上は、協力する態度を示し、何度かは食料を渡していたが、心服しているわけではなく、さまざまな理由を並べて大量の食料の調達はしなかった。

一月末に降った雪は深く、なかなか溶けず、大和部隊では、飢えと寒さで死亡する兵も出はじめた。筑紫郷は、現在の筑紫野市付近にあたるが、今でも雪の多いところである。

麁鹿火は、毛野を呼び対策を立てた。

「このままでは春になる前に将兵を失ってしまう。何か手だてはないか」

「麁鹿火様、海人部隊に、食料調達をさせています。また、十二月に、大和へも食料を送ってもらうように手配はしています」

「いつ届くのだ」

「海人部隊はやがて食料を届けると思います。大和からは、いつ届くかわかりません」

二日後、海人部隊が食料を運び込んだが、四万近い兵を賄うにはあまりに少なかった。

麁鹿火が再度毛野を呼んで尋ねた。

「食料は何日分届いたのだ」

「五日分程度だと思われます」

「仕方がない。五千頭の馬も糧食とする」

「それはできないでしょう。馬を失えば、春以降の戦いができなくなります」

「秋の嵐のこともある。これ以上兵は失えない。毛野、急ぎ大和へ立て。大王に窮状を報せ、騎馬部隊五千人を含む一万人の部隊を派遣していただくように依頼せよ」

毛野は、大和へ立った。

大和部隊は、春まで騎馬用の馬を食料にしながら飢えをしのいだが、それでも餓えと病で四千人の兵士を失った。

一方、筑紫部隊は、食料の蓄えも十分であり、兵士にはセンブリ、御輿草《みこしぐさ》、ドクダミなどの薬草類も持参させており、冬の備えもあった。

三月七日、白岳《しらたけ》は大和部隊が馬を食料にしていることを知った。

白岳は、筑紫一族に伝統的な戦の才があった。早速、橘田《たちばんだ》らの部隊長を集めて諮《はか》った。

「大和部隊が、馬を食料にしていることが判った。明日、大和部隊に総攻撃をかける。騎馬部隊がおらず、飢えに苦しんでいるのであれば、勝利は間違いがない。逃げ遅れる大和兵は殺さず捕えよ」

三月八日、筑紫部隊一万五千人が、総攻撃をかけた。馬の有無と体力の差により筑紫部隊の一方的な勝利となった。この日、大和部隊は六百人の兵士を失い、四百人が捕えられ、負傷者は二千人に及んだ。

白岳は、翌日も総攻撃をかけた。大和部隊の戦意は乏しく、この日も筑紫部隊の一方的な勝利となった。二日間で大和部隊は、負傷者が五千人以上に達し、戦える兵は二万人に減少した。麁鹿火は攻撃どころか、逆に防衛陣地を築かねばならなかった。戦線は膠着状態となった。

五二八年春四月二日、新羅法興王《しらぎほうこうおう》の遣いとして三十隻の船が船小屋の港に着いた。遣いが、八女郷磐井のもとを訪れて伝えた。

「磐井様、今回の戦大変でしょう。法興王が、援軍が必要であれば、二万人程度はすぐに送るので、申し出てくれと言われています」

「ご苦労であった。返事は明日行う。ゆっくり休むがよい」

磐井は、八女郷に残っている側近を集めて諮った。

「新羅法興王から援軍の申し出があった。考えがあれば申せ」

かつて新羅を訪れたことがあり、法興王とも面識のある三山が言った。

「今回の戦は、もともと新羅と結んだという言いがかりから始まったものです。いっそ、援軍を受け入れたらどうでしょうか」

三山に賛成する者と援軍受け入れに慎重論を唱える者とに意見は分かれた。

「大和王権との戦いは、あくまで倭の内の戦いである。ありがたい申し出ではあるが、新羅の援軍は断ろう。しかし、法興王の遣いが援軍を送ると言って来たことは利用しよう」

「葛子、筑紫社に出向き、橘田に八女郷まで戻るように伝えよ。大和の的臣鹿野《いくはのおみかの》が、大和部隊に加わっているに違いない。橘田を通じてこのことを大和部隊に知らせよう」

四月三日、磐井は新羅の遣いに伝えた。

「法興王様の申し出は、誠にありがたいことである。しかし、今回の戦は、倭の内のことである。何とか筑紫連合王国の力で解決したいと伝えてくれ」

新羅の遣いは、数日間八女郷で歓待を受け、土産を持って帰国した。

四月六日、橘田が八女郷磐井のもとに帰ってきた。磐井が言った。

「長い戦陣、疲れたであろう。それにしてもよく戦っておる。礼を申すぞ。ところで、葛子から聞いたであろうが、鹿野様は大和部隊におられるか」

「三月の総攻撃で捕えた大和兵士の中に、的臣一族の兵士がおりました。尋ねたところ、鹿野様は、大和部隊に加わっているようです。また、気になることも耳に致しました。毛野様が、援軍要請のため大和に遣わされているようです」

「新羅より援軍を送るという遣いがきた。援軍は断ったが、戦を早く終わらせるために麁鹿火の耳に入れた方がよいと思っている。大和王権を焦らせる必要がある。鹿野様に話してくれ。私が、援軍の受け入れを迷っているという噂を流したい。

毛野が新たに援軍を要請しても、大和王権は、もうすでに六万人の部隊を派遣している。さらに派遣するにしても、一万人が限度であろう。心配には及ばない」

「なんとか鹿野様と連絡を取り、自然に大和王権側に伝わるようにいたしましょう」

戦線が膠着し、八月となった。

八月三日、新たに許勢男人《こせのおひと》率いる大和部隊一万五千人が、糟屋の陣地に入った。毛野の申し出を聞いた継体大王は、大和部隊が危機的事態に陥ったことを知り、申し出以上の部隊を派遣し、早期に戦を集結させようとしたのである。

白岳は、大和部隊が増強されたことを知ると、そのことを磐井に報告した。

磐井は、最後の戦いが迫っていると思った。

八月五日、磐井は、葛子を筑紫社に送り「一カ月間、大和部隊を糟屋に釘付けにせよ」との方針を白岳に伝えた。同時に、肥・豊に遣いを送り、竜北と鶴見を八女郷に呼んだ。

八月十五日、連合王国会議が開かれ、磐井が表情を引き締めて言った。

「皆の者、ご苦労である。最後の決戦が近づいたようである。決戦は九月半ば、千歳川を挟んで行う。戦に勝っても負けても、この戦いの後は和議の交渉になるであろう」

竜北が尋ねた。

「敗れることはあるまいとは思いますが、敗れても和議に応じるでしょうか」

「戦は一年以上続いている。これ以上長引けば、大和王権は内部から崩壊する」

鶴見が尋ねた。

「筑紫国以外からはどれくらいの部隊を動員されますか」

「今までに派遣してもらっている豊国《とよのくに》部隊千人と肥国《ひのくに》部隊二千人でよい。ただ、武器、食料については応援してもらいたい。両国が無傷でいることが和議の交渉を有利にする」

葛子が、緊張した顔をして尋ねた。

「千歳川を挟んでの戦は、数に勝る大和部隊の方が有利ではありませんか」

磐井が、笑みを浮かべて答えた。

「大丈夫だ。策がある。万一敗れても、大和部隊にそれ以上南下する余力は残っていないであろう。敗れた時には、私が責任をとり、引退して豊国に向かう」

鶴見が言った。

「そのようなことはないでしょうが、その時は喜んでお迎えいたします」

八月十六日、磐井は、葛子、三山、風浪《ふうろう》らを呼んで軍議を開いた。

「筑紫社の砦部隊を撤退させ、千歳川北に防衛線を後退させることにする」

三山が、尋ねた。

「筑紫社の砦部隊は、強力です。放棄するのですか」

「橘田の情報では、新たな大和部隊長は、許勢男人《こせのおひと》らしい。許勢男人が派遣されたとなると、一万五千人の部隊と見なければならぬ。大和部隊は、現在四万人に増強されていると考えた方がよい。兵力の数からして筑紫社を放置して、一気に八女郷に向かうことも考えられる。その場合、我が兵力は分断され、到底勝ち目はない」

葛子が言った。

「それにしても、砦を放棄するのは残念です」

「筑紫社の砦は、放棄しない。筑紫社には、白岳《しらたけ》を隊長に二千人の守備隊を残す。戦が始まってから一年以上経っている。大和部隊は、砦を長く攻め続けるような愚は犯さないであろう。砦を放置して進むようであれば、後方より攪乱させる。釘崎配下の二千人の部隊も、合流させることにする」

風浪が尋ねた。

「筑紫部隊は、一万七千人です。千歳川の北で迎え撃つのは危険ではありませんか」

千歳川は筑紫次郎ともいわれる九州第一の大河で、当時船は中流域までさかのぼることができた。

「川の北岸では、ある程度の打撃を与え、指揮系統を混乱させるだけで、引くことにする。今回の戦の帰趨は、海人部隊が決めることになる。どれくらいの海人部隊が残っているか」

「糟屋から引きあげてきた部隊と併せて、百七十隻二千人程度は残っています」

「それだけあれば十分である。海人部隊には、大和部隊を千歳川で分断してもらう」

八月十七日、三山が、筑紫社に向かい磐井の命を伝えた。

三山より命を聞いた白岳が、細面の顔を紅潮させ悲壮な形相で言った。

「一万三千人の部隊は、撤退させます。筑紫社は、私の命に代えて死守いたします」

三山が厳しい顔で命を伝えた。

「全滅する戦いはするな。全滅するようであれば、逃げるか降伏せよ。大王の厳命である」

白岳は、目に涙を浮かべながら答えた。

「わかりました。命は大切にいたします」

千歳川の戦い

八月十八日、筑紫《つくし》部隊の主力一万三千人の部隊は、筑紫社《つくしのやしろ》の砦から撤退した。

麁鹿火《あらかひ》は、その日このことを知ると、すぐに側近を集めて、戦の方針を告げた。

「敵は、おそれをなして撤退した。今が好機である。一気に全軍で千歳川《ちとせがわ》を越える」

毛野《けな》が尋ねた。

「そのとおりですが、筑紫社にはまだ筑紫部隊が残っているようです。いかがされますか」

「大した兵力ではない。捨て置き、全軍で筑紫部隊の主力を攻撃する。ただ、おさえとして二千人の部隊を残しておくことにする」

しかし、筑紫社の兵力を甘く見たことが、後に大和部隊を窮地に立たせることになった。

八月十九日早朝、大和部隊三万八千人が、千歳川に向かって南下を開始した。

一方、筑紫部隊は、千歳川下流片《かた》の瀬《せ》付近の北岸とその上流船越《ふなこし》に、それぞれ八千人が布陣した。

磐井《いわい》は、親衛隊二千人を率いて高良山《こうらさん》の一角に着陣して指揮を執った。

また、片の瀬、船越の南岸には残り二千人の兵を、千人ずつ配置するとともに、女ばかりの弓部隊四千人を両方に分けて配置した。女弓部隊は、磐井がこの戦を想定し、蓬姫《よもぎひめ》に特別に訓練させていた部隊であった。

麁鹿火は、出発して一時間ほどで筑紫部隊が千歳川北岸に布陣していることを知ると、毛野と許勢《こせの》男人《おひと》を呼んで命じた。

「筑紫部隊は、千歳川北岸に布陣している。好機である。筑紫部隊を一気に川に追い落とす。毛野は、一万五千人の部隊を率いて、下流部の敵を攻撃せよ。男人も同様に一万五千人の部隊で、上流部の敵に当たれ。私は、八千人の部隊とともに、戦況を見守る」

毛野は、勇躍して片の瀬に向かって軍を進めた。

片の瀬の筑紫部隊長は、三山《みやま》であった。三山は、川の北三十丈《つえ》（約九十メートル）に、扇形に土嚢《どのう》を積み上げて守備体制をとった。

毛野は、戦いが長引けば数に勝る大和部隊が優勢となり、筑紫部隊を北岸から追い落とすことができると踏んでいた。部隊を三段構えに編成し、先ず五千人の部隊に総攻撃を命じた。

毛野は、太鼓をドーン、ドーンと鳴らして叫んだ。

「かかれー、かかれー」

弓部隊同士による矢の応酬が始まった。

大和弓部隊が、土嚢を前にして迎え撃つ筑紫弓部隊に矢の雨を降らせた。

三山は、さすがに戦の呼吸を知っていた。弓部隊には、敵が三丈に近づくまで待たせてから攻撃させた。

筑紫弓部隊は、前に土嚢を積んで守っているうえに、大和部隊が至近距離まで近づくのを待って攻撃したので、敵より有利だった。

後方より突撃してきた大和徒歩部隊と騎馬部隊は、矢によりバタバタと倒れひるんだ。

この時、三山がドーン、ドン、ドン、ドン、ドーンと太鼓を打ち鳴らし、叫んだ。

「全軍突撃！　かかれー、かかれー」

騎馬部隊二千人を含む六千人の部隊が、一斉に大和部隊に襲いかかった。また、この合図で、弓部隊は後退して、川に降り南岸へと引きあげた。

六千人の一斉攻撃により、矢による攻撃で浮き足立っていた大和王権部隊は、混乱して崩れ逃げはじめた。後方で指揮をとっていた毛野は、

「第二陣、かかれー、かかれー」

とあわてて叫んだ。

三山は、これを見て太鼓を叩いて撤退を命じ、部隊は、川を渡って南岸に撤退した。騎馬部隊は浅瀬を渡り、徒歩部隊は待っていた海人部隊の船で南岸へ渡った。

この戦で、筑紫部隊は数十人の負傷者を出しただけだったが、毛野部隊は五十人が倒れ、千人に及ぶ負傷者を出した。上流部船越の男人部隊も、同様の結果となっていた。

毛野は、犠牲は払ったが筑紫部隊を北岸から撤退させたことに安堵し、麁鹿火に報告した。少し遅れて、男人からも筑紫部隊を南岸に追ったという報告があった。

麁鹿火は、毛野と男人に、千歳川の渡れる浅瀬を探すように命じた。

千歳川は、まだ渇水期ではなく水量は多かった。物見の報告では、渡れる浅瀬は、筑紫部隊が防衛線を敷いていた片の瀬と船越付近にしかないことがわかった。

八月二十日、麁鹿火は、毛野部隊を片の瀬、男人部隊を船越より、一斉に川を渡らせることに決定した。

「両名とも、本日中に千歳川をわたり、南岸に展開せよ」

毛野と男人は、負傷している二千人を含む四千人の兵を残し、それぞれ一万六千人の部隊を率いて攻撃することになった。

北岸に立った毛野は、浅瀬の長さから二千人の部隊しか一度には渡れないと判断して、部隊を六つに分け、間をおきながら総攻撃をかけることにした。

一方、三山は、敵から見えない南岸の堤防の下に、女弓部隊二千人、正規の弓部隊二千人、騎馬部隊で編成した弓部隊二千人の合計六千人を隠して配置した。そして、南岸岸辺と堤防上に六千人の兵を配置し、磐井が前もって命じていたように浅瀬の上下流の深みに海人《あま》部隊の船を並べた。

毛野は、浅瀬の上下流にいる海人部隊には気づいていたが、川を渡れば陸戦部隊同士の戦いになり、兵数の多い大和部隊が勝利すると考えていた。

毛野が、太鼓を打ち
「渡れー、渡れー、ひるむなー」

と叫んだ。

大和部隊は、浅瀬の上下流に展開している筑紫海人部隊の矢の攻撃にさらされながら川を渡り始めた。

三山は、大和部隊が、川を半分ほど渡った時点で陸戦部隊を後方に引かせ、隠していた弓部隊を前に出した。弓部隊は、三陣に分かれて迎え撃った。第一陣の部隊は、女弓部隊二千人であった。部隊長には、蓬姫《よもぎひめ》が立っていた。

蓬姫が戦闘に加わることには、はじめは磐井も三山も反対した。しかし、蓬姫は、強く二人を説得した。

「多くの民が兵士として戦っています。私が戦闘に加われば兵士もその家族も勇気が出ます。ぜひ私も戦《いくさ》にお加えください」

姫のこの言葉に感動し、磐井と三山は、姫が部隊に加わることを認めた。

黒髪を後に束ねた蓬姫が、女性特有の高い声で、

「放てー、放てー」

と叫んだ。

女弓部隊は、至近距離まで近づいた兵を狙いを定めて矢を放つと後方に引き、二陣と交代した。次の矢を、放つまでの時間を短縮するためであった。二陣の弓部隊も、至近距離まで近づいた兵を狙いを定めて矢を放ち、三陣と後退した。

大和部隊は、バタバタと倒れ、たちまち混乱に陥った。矢をかいくぐって南岸に迫る兵は、筑紫部

隊の六千人の部隊がことごとく討ち取った。

対岸で戦況を見ていた麁鹿火は、海人部隊の船からの攻撃と、弓部隊の兵の多さに驚いた。また、

「放てー、放てー」

と女の部隊長の声に戦慄した。

麁鹿火は、このまま川を渡らせ続けることの愚を悟り、毛野に攻撃を中止させた。また、同時に、船越の部隊にも攻撃を中止させた。麁鹿火は、毛野、男人を呼び、味方の被害をまとめさせ、今後の戦いの方針を示した。

この日の戦いで、毛野部隊が五十人の兵士を失い、二千人が負傷した。船越を攻撃した男人部隊は、攻撃中止命令が遅れ、百人の兵を失い三千人が負傷した。

麁鹿火が言った。

「作戦を続ければ、取り返しがつかぬところであった。磐井は、女まで兵士に使っている。我々も相当の覚悟と準備が必要である。次の攻撃は、十日後の九月一日とする。十日間で、海人部隊による矢の攻撃を防ぐための筏を作れるだけ作れ。また、毛野は、糟屋の港に急行し、海人部隊二千人を呼びよせよ」

八月二十三日、筑紫社《つくしのやしろ》のおさえに置いていた部隊が、敗走してきた。

麁鹿火は、部隊長を呼んだ。

「何が起こったのだ」

「筑紫部隊の数が増え、砦を出て我が部隊を攻撃してきました。四千人はいるようです」

八月十八日、筑紫社の白岳《しらたけ》のもとへ、福智山の西麓に陣を構えて、大和部隊を追尾していた釘崎《くぎさき》が加わった。兵は千人に減っていたが、白岳は蘇生する思いがした。

敵状を把握すると、おさえには、二千人の部隊しか残っていないことが判った。

白岳が、釘崎に諮《はか》った。

「大和部隊の後方を攪乱したい。三千人で敵の部隊を攻撃したいがどうだろうか」

「異存ありません。私は、敵を追尾して大和部隊の進軍を遅らせるのが任務です。それに、敵は食料が十分ではなく弱っています。一日で敗走させることができるでしょう」

二人は八月二十三日早朝より総攻撃をかけた。不意を突かれた大和部隊は兵数も少なく、たちまち敗走し、逃げ遅れた五百人の兵が捕虜となった。

麁鹿火が物見に調べさせたところ、筑紫部隊三千人が、麁鹿火の陣地に近い三輪付近に陣を構えていることが判った。麁鹿火は、後方の部隊を壊滅させなければ今後の作戦に影響することを懸念し、禁じ手をうった。

海人部隊を陸戦に使うことは通常なかったが、事態を打開するために海人部隊を使うことを考え、男人を呼び命じた。

「糟屋に急行し「海人部隊三千人を率いて筑紫社の砦を占領せよ」と住吉に伝えよ」

八月二十四日、男人は糟屋に急行し、翌日、男人が麁鹿火の陣へ帰り報告した。

「住吉様が、二十六日に、二千人の部隊で筑紫部隊を攻撃させてくれとのことです。大部隊の攻撃では、筑紫部隊がまた砦に逃げるおそれがあるということです」

「これで、後方の筑紫部隊は壊滅できる」

翌二十六日早朝、大和部隊二千人が、白岳らの筑紫部隊三千人を攻撃した。戦いは、筑紫部隊の大勝利に終わった。しかし、午後になって白岳は、戦の間に筑紫社の砦が占領されていることを知った。

白岳の判断は、早かった。すぐに釘崎を呼んで命じた。

「ここで戦えば、全滅する。すぐに、朝倉郷方面に移動する。釘崎は千五百人の部隊で朝倉郷に止まれ。敵が攻撃してきたら逃げ、引いたら攻撃し時間を稼げ。私は、杷木郷《はきのさと》に移動して同様の戦いを続ける」

麁鹿火は、それぞれに一万人の部隊を出して攻撃させたが、筑紫部隊は一掃できず日数だけが過ぎた。

麁鹿火は、おさえ二千人ずつを配置し、千歳川渡河《とか》作戦を一カ月のばして十月一日に決定した。三万九千人に減っていた大和部隊は、先の戦いで七千人の負傷者を出した。一月の間に、軽傷の兵士は戦える状態に回復していたが、それでも、三千人は戦闘に参加できなかった。戦闘可能な兵四千人をおさえとして残したため、渡河作戦に参加できる部隊は、三万一千人であった。

前回の攻撃とは違って、今回は片の瀬に全部隊を投入した。

十月一日早朝、麁鹿火は、二百近い筏と海人部隊二千人を片の瀬上流北岸に配置し、上流を守る筑紫海人部隊五十隻四百人の掃討にかかった。以前の攻撃の失敗を繰り返さないための作戦であった。死闘は半日続き、大和海人部隊は、四百人の犠牲者を出しながらも、筑紫海人部隊二百人を倒し、二百人を南岸岸辺に追い上げた。

渡れる場所が広がったのを見届けた麁鹿火は、大和部隊に、一斉に川を渡るよう命じた。

前回と同様、船越から加わった部隊を含む弓部隊一万二千人が千歳川南岸岸辺に、三段に分かれて並び、交互に矢を放った。しかし、矢を防ぐ盾を準備し、ゆっくり前進してくる大和部隊は、前回のような打撃は受けなかった。

やがて白兵戦が始まった。

三山は、これを見て、太鼓をドーン、ドーンと叩き叫んだ。

「弓部隊、堤防へ引けー」

弓部隊は、堤防上に上がり、堤防上から川を渡る大和部隊の兵士に矢の雨を降らせた。これはきわめて効果的だった。大和部隊には、死者はほとんど出なかったが、負傷者は続出した。しかし一時間ほど経つと、数に勝る大和王権部隊は、すべてが南岸岸辺に到達した。

三山は、これ以上河原で戦えば犠牲者が増えると見て、太鼓を叩いた。

ドーン、ドン、ドン、ドーン、ドン、ドン。

筑紫部隊の兵士は一斉に堤防上に駆け上がった。大和部隊の兵も堤防を上がり始めた。しかし、堤防上からの、弓部隊の矢にさらされ時間がかかった。

三山は、筑紫部隊が堤防上に上がったのを見て、再び太鼓を打ち全軍撤退を命じた。

筑紫部隊は、一斉に磐井の陣取る高良山の山腹の砦に向かって撤退を始めた。

大和部隊の兵士はぞくぞくと堤防上に上がった。堤防上に立った毛野は、部隊を集め逃げる筑紫部隊を追撃させようとした。

「かかれー、追えー、追えー」と叫び、太鼓を打ち鳴らした。

大和部隊が、追撃を始めたとき、二千騎の筑紫騎馬部隊が現れ、大和部隊に襲いかかった。この騎馬部隊は磐井の親衛隊であった。磐井は、筑紫部隊が砦まで引き上げる時間を稼ぐために、親衛隊に攻撃させたのである。

先頭を進んでいた大和部隊は、混乱して前進が止まった。

騎馬部隊は、一時間ほど大和部隊の間を駆け回って暴れ、高良山の陣地に引きあげた。

毛野と男人は、追撃をやめさせ部隊をまとめた。部隊をまとめ終わると、毛野は、北岸の麁鹿火を南岸へ呼んだ。

麁鹿火は、ついに、千歳川の南に到達した。

戦いの行方

麁鹿火《あらかひ》は、毛野《けな》と男人《おひと》を呼び、味方の損害状況をまとめさせた。三万一千人の大和部隊は、海人部《あま》隊を含めて千人の戦死者を出した。これは、麁鹿火の想定した人数より少なかったが、負傷者は予想を超え、五千人にも及んでいた。

麁鹿火は、損害状況の把握が終わると、主立った者を集めて方針を示した。

「皆のおかげで、千歳川の南まで筑紫部隊を追うことができた。筑紫部隊は、高良山《こうらさん》に籠《こも》った。戦《いくさ》はすぐには終わらないであろう。ここには戦える兵は二万五千人しか残っていない。兵を集めることにする。まず、朝倉郷《あさくらのさと》に置いているおさえの部隊四千人を撤退させて、ここに呼ぶことにする。長期戦に備えて、土嚢を積み陣地を整えよ」

方針を示した後、麁鹿火は、毛野と男人を残し悲壮な形相で重大なことを打ち明けた。

「高良山の砦は、一年はもつであろう。これ以上戦を長引かせることはできない。新羅《しらぎ》が援軍でも送れば最悪の事態になる。和議を結ばねばならぬであろう」

毛野が、

「継体大王《けいたいおおきみ》と大伴金村《おおとものかなむら》様が納得されるでしょうか」

と尋ねた。

「大丈夫だ。大王は「長門より東は、朕《ちん》が治める。筑紫より西はそちに任せる」と約束されている」

「半島をこれ以上放置すれば、大和王権の権威は地に堕ちる。男人、大和まで出向き、和議についての了解を取ってきてくれ。時間がない。明日には出発してくれ。また万一、戦が長引くことを考えて、糧食を送ってもらうようにも頼んできてくれ」

翌日、男人は大和へ出発した。

この日、麁鹿火は、親衛隊二百騎を率いて敵状を把握し、磐井《いわい》の兵力を、二万人強と判断し、砦を攻撃すれば敗北するとみた。ただ、磐井が御井《みいの》郡《こおり》の平地まで軍を進めて、正面より激突すれば兵力の差により、勝てると判断した。

両軍が、対峙したまま十月二十日となった。

磐井は陣を離れて、八女郷に戻り、白木里《しらきのさと》で病に伏している清水《きよみず》を見舞った。

清水は磐井が見舞いに訪れたことを知り、起きて庭の見える部屋で待っていた。

磐井が言った。

「清水、容体はどうだ」

「今日は幾分よいのですが、私は長くはないようです。今日は、お見舞いありがとうございます。ところで大王、何か重要な話があるのではないですか」

「さすが清水である。何もかもわかっているようだな。潮時と考えているが」

「私は和議に賛成です。筑紫連合王国は、海人部隊こそ多くを失っていますが、陸戦部隊は、ほぼ無傷で残っていますので、負けるとは思えません。大和王権にもこれ以上の部隊派遣は不可能でしょう。しかし、民が疲弊しています」

「私もそのことを考えていたところである。今年のとりいれには、民を帰したい。おそらく麁鹿火も和議の機会をうかがっているであろう。和議を進めやすくするため、引退して葛子に大王の位を譲るつもりである。私は、戦に勝てないと見て、豊国に逃れたことにする」

蓬姫《よもぎひめ》が二人のいる部屋へ葛湯《くずゆ》を運んできた。

磐井は、千歳川の攻防が終わると女弓部隊四千人を解散させていた。蓬姫が言った。

「大王、父上、葛湯をお持ちしました。どうぞ召し上がってください」

磐井が目を細めて声をかけた。

「これはありがたい。ところで、先の千歳川での女弓部隊の采配は見事であった。父上には報告しているか」

「無事に帰ったことのみを報告しております」

「清水、先頃の蓬の戦いぶりは見事であった。蓬のお陰で、五千人を下らない大和部隊の兵士が負傷して戦闘に加われなくなったであろう」

この後三人は、蓬姫が呼びよせていた枇杷姫《びわひめ》や稲子《いなこ》などの磐井の孫たちとともに、庭に植えられたモミジや白に咲きほこっている萩の花を観ながら一刻を過ごした。これが、磐井と清水、蓬姫、孫たちとの永遠の別れとなった。

十月二十二日、磐井は、和議を有利に進めるために、ある作戦を実行した。

まず、明るくなる前に、大和部隊の陣地の南八十丈《つえ》(約二百四十メートル)の地点に、弓部隊四千人を埋伏《まいふく》させ、すぐ後方に徒歩《かち》部隊八千人を配置した。夜が白々と明けはじめる頃、ドーン、ドーンと太鼓を打たせ、騎馬部隊四千人に大和部隊陣地を攻撃させた。

不意をうたれた大和部隊は、一時は混乱したが、すぐに迎撃体制をとった。騎馬部隊は、包囲されることを恐れるように、南方に逃げはじめた。麁鹿火は、筑紫部隊に打撃を与える好機だと判断し、総攻撃を命じた。筑紫騎馬部隊の後を、大和部隊が追いはじめた。八十丈の地点に近づくと、伏せていた筑紫弓部隊四千人が、一斉に矢を放ちはじめた。

大和部隊の兵は、不意を突かれバタバタと重なり合って倒れ、矢をかいくぐって近づく兵士は、徒歩部隊八千人により討たれた。それでも三十分ほど経過すると、双方入り乱れての白兵戦が始まった。白兵戦が始まると、磐井は、太鼓をドーン、ドーンと打たせ、再び騎馬部隊四千人を大和部隊に突入させた。同時に、徒歩部隊は、砦に退かせ始めた。さらに三十分が経過すると、再び太鼓が鳴らされ、筑紫騎馬部隊は砦に撤退した。

磐井は、この戦いの後、味方の損害をまとめさせた。三十人の兵士が倒れ、百人の負傷者が出ていたが、磐井の予想より少なかった。

一方、大和部隊は、五十人の死者と六千人の負傷者を出した。負傷者の大部分は矢傷であった。麁鹿火は焦った。この戦で負傷者を出したため、軽傷の者を戦闘に参加させても、二万八千人の兵は、二万三千人に減っていたからである。

負けっ放しの状態では、和議も不可能であった。どうしても平地部で戦い、一矢を報いる必要があった。考え抜いた麁鹿火は、再び禁じ手を打った。

麁鹿火は、毛野を呼んで情勢を説明した後命じた。

「冬が来る前に、和議を結ばねばならない。糧食も不足している。冬は越せないであろう。和議の前に、一度叩いておく必要がある。しかし、兵力が減りすぎている。筑紫には、女弓部隊もいるようだから、兵力はほぼ互角であろう。海人部隊は失いたくないが、海人部隊を使う以外に手がない。毛野、糟屋《かすや》におもむき、敦賀部隊長気比《きひ》、丹波部隊長舞鶴《まいづる》、難波部隊長住吉《すみよし》に諮り、海人部隊六千人を連れて参れ」

毛野は騎馬にて糟屋に向かった。

十一月一日、大和に派遣されていた男人が、麁鹿火のもとに帰ってきて報告した。

「継体大王も金村様も、大和部隊が三万人まで減っていることに驚かれましたが、千歳川の南まで筑紫部隊を押し込めたことには満足しておられました。和議は、条件も含めて麁鹿火様に任せるとのことです。急げ。年は越すなとも命じられました」

十一月五日、毛野が、糟屋の海人部隊六千人を率いて麁鹿火の陣へ戻って来ると、麁鹿火は、平地で戦うための作戦を練った。

一方磐井も、和議のきっかけが摑めないことにしびれを切らし、砦の守りが手薄になることを承知で、十月二十五日より、八女郷出身の兵士四千人をとりいれのため八女郷に帰していた。

十一月二日、磐井の陣へ思いがけない二人が帰ってきた。

朝倉郷付近に留まり、後方攪乱していた白岳《しらたけ》と釘崎《くぎさき》は、もはや後方にいても役に立たないと判断して、日田郷を回って、三千人の部隊を率いて陣に帰ってきたのであった。

磐井は、陣に挨拶に来た二人にねぎらいの言葉をかけた。

「ご苦労であった。二人の働きで、大和部隊の進軍が遅れ、戦が非常に有利となった。礼を申すぞ」

磐井は、二人の部隊が加わったことで、とりいれが終われば、戦力が互角になると判断した。十一月九日、とりいれを終え八女郷より四千人の兵が部隊に戻った。

この日、磐井は、葛子《くずこ》、白岳、三山《みやま》、橘田《たちばんだ》らの主立った者を集めて、方針を伝えた。

「明後日、最後の決戦を行う。兵力は、ほぼ互角と思われるので勝利に終わるであろう。勝利が見込めないときには、部隊はすべて砦に戻ることにする。砦には、麁鹿火より和睦の使者が来るはずである。大和部隊もこの冬は越せないであろう。和睦以外に手はないはずだ。ただし、私は和睦の交渉がやりやすいように、豊国に姿を隠す。後は、葛子が大王に就任せよ」

葛子が言った。

「大王、引退は早すぎます。大王がおられても、和睦交渉はできます」

三山が言った。

「冬までもちこたえれば、大和部隊を千歳川の北まで追うことができます。大王様が姿を隠す必要はありません」

「これ以上戦を長引かせても、民を苦しめるだけである。それは、筑紫連合王国、大和王権いずれにとっても何の益にもならない。潮時は大切にしなければならない」

一方麁鹿火は、部隊の一部を高良山西方より八女郷に向かわせ、筑紫部隊の主力をおびき出し、主力を叩こうと考えていた。和議を有利にすすめる条件を作るためであった。

大和部隊の兵力は、三万人近くまで増強されていた。十一月十日、夕方、大和部隊五千人が、高良山西方を南下し始めた。

この報告を受けた磐井は、おとりの部隊とすぐに見抜いたが、大和部隊の本陣が手薄になっていると判断して、翌朝夜明けを待って総攻撃をかけることにした。

十一月十一日夜明け、筑紫部隊が山を下り始めた。麁鹿火も、大和部隊に迎撃体制をとらせた。弓部隊による矢の応酬の後、たちまち両軍入り乱れての戦闘になった。両軍とも旗や太鼓を打ち鳴らして、必死に戦った。歴戦を重ねていた白岳、釘崎部隊の活躍は特にめざましく、筑紫部隊は押しぎみに戦いを続けていた。

磐井は、一時間ほど戦っている間に妙なことに気づいた。麁鹿火の本陣があると見られる陣地の部隊五千人ほどが、全く動いていなかった。磐井は、即座に大和部隊が増強されていると判断し、葛子を呼んだ。

「大和部隊が増強されている。おそらく海人部隊を使っているのであろう。勝てない。砦に引き上げる準備をせよ」

ほどなく、数十個の太鼓がドーン、ドン、ドン、ドン、ドンと乱打され始めた。同時に、砦から十本ほどの狼煙《のろし》が上がった。筑紫部隊は再び砦に籠った。

磐井は橘田を呼び、豊国まで案内する手配を命じ、やがて、数百騎の騎馬とともに東に姿を消した。

この日の午後、麁鹿火は、主立った者を集めて言った。

「本日の戦で、筑紫部隊は勝てないと見て、砦に籠った。これ以上の戦いは無用である。直ちに和議の交渉に入ることにする。ただし、油断はならぬ。奇襲には備えよ」

その後、毛野、男人、的臣《いくはのおみ》鹿野《かの》を残し、鹿野に命じた。

「鹿野、そちの一族が筑紫部隊にいるはずだ。何とか連絡を取り、和睦交渉ができるかどうかを探ってまいれ」

「生葉郷に部下とともに出向き様子を探ってきます」

鹿野が陣を去ると、麁鹿火が、毛野と男人に諮った。

「さて、和議の条件であるが、何か考えはないか」

毛野が答えた。

「四万人もの兵を失っておりますので、相当の条件でないと大和へは帰れません。糟屋郷、大抜郷、筑紫郷を献上させるというのではいかがでしょうか」

男人が言った。

「磐井も面子があるでしょうから、それは無理ではないでしょうか」

「無理かもしれないが、毛野の言うとおりの条件で臨んでみよう」

十一月十三日、鹿野が帰ってきて報告した。

「なんとか的臣橋田と連絡が取れました。橋田が言うには、「条件次第だろう」ということです。それと、妙なことがわかりました。磐井様は、もはや高良山にはおられず、豊国方面に姿を隠されたようです」

「戦に敗れたわけでもないのにどういうつもりであろう」

男人が言った。

「もしかして、豊国《とよのくに》に応援部隊を頼むためでしょうか」

磐井の性格を知り尽くしている毛野が答えた。

「磐井の性格からそれはないと思います。磐井は、戦を長引かせるとは思いません」

「それは甘いのではないか」

「大丈夫です。磐井は、戦を長引かせ民を苦しめることを望まないと思います。それに、先の戦で逃げ遅れた筑紫兵を問いただしたところ、戦の最中にもかかわらず、四千人をとりいれのため八女郷に帰してもいます。姿を隠したのは、和議を有利に運ばせるためでしょう」

十一月十四日、男人と鹿野が、和議交渉に筑紫部隊の本陣を訪れた。

「許勢男人《こせのおひと》と的 臣鹿野《いくはのおみかの》です。和議の交渉に訪れました。磐井様にお取り次ぎをお願いします」

二人は、しばらく待たされた。本陣からは、大和部隊の配置が手にとるように見えた。

やがて、三人が二人の前に現れて言った。

「私は、三山《みやま》である。筑紫社で大和部隊と戦っていた白岳《しらたけ》、釘崎《くぎさき》も同席しておる。早速和議の条件を申せ」

男人が、雰囲気にのまれ、青ざめた顔で言った。

「大抜《おおぬく》、糟屋《かすや》、筑紫郷《つくしのさと》を大和王権へ献上することを和議の条件としたい」

白岳は黙って静かに聞いていたが、若い釘崎が顔面を紅潮させて、大声で言った。

「話にならぬ。私は、洞海《くきのうみ》から大和部隊とは戦っている。手の内はしれている。和議は、決裂だ。二人に伝えておくが、大抜海人部隊はほぼ無傷で洞海にいる。大和部隊上陸以前に船はすべて陸上に隠した。海人部隊は戦闘に加わっていない」

三山が静かに言った。

「和議とは、双方が納得できなければならない」

交渉が決裂し、男人と鹿野は大和の陣地に戻り、男人が麁鹿火に報告した。

「決裂いたしました。一つ、気になったことがあります。洞海より転戦してきた釘崎と申す者がいて、洞海の海人部隊は無傷であると申しておりました。船は、陸に揚げていた模様です」

「決裂は予定どおりである。そう言われれば、海人部隊は本格的な船戦はしていないので、少しは残っているかもしれない。ところで、砦の備えはどうだ」

鹿野が言った。

「石で造られた防塁もあり山全体が砦になっており、非常に強固です。また、山の頂に向かって連絡・脱出用の小道も作られているようです」

「ご苦労であった。条件を変えて再度交渉にあたってもらうことにする」

一方、葛子は、大和部隊を攻撃することにした。

「砦に籠ってばかりでは、和議も進むまい。明日の黄昏時を待って、騎馬部隊四千人で本陣を突く。弓部隊が待ち受けているようであれば、攻撃を中止し、東西に分かれて側面を攻撃せよ。敵に心理的打撃を与えればよい。三十分ほど戦ったら、引きあげの太鼓を鳴らす。弓部隊は途中に伏せよ。追う敵があれば矢を射かけよ。暗くなるのでそれ以上は追わないだろう」

十一月十五日、黄昏時になった。

筑紫騎馬部隊四千騎が、ドッ、ドッ、ドッと蹄の音をとどろかせながら、大和部隊本陣に向かった。

麁鹿火は弓部隊を前面に出し応戦した。筑紫騎馬部隊は、本陣攻撃を止め、東西に分かれて毛野と男人の部隊に襲いかかった。毛野と男人は、ただちに大和部隊に総攻撃を命じた。

葛子は、大和部隊の総反撃がはじまると、太鼓を打たせた。騎馬部隊は、一斉に砦に向かって引きあげた。

騎馬部隊を追っていた大和部隊は、伏せていた弓部隊から矢の攻撃を受けた。これを見た麁鹿火も、引きあげの太鼓を打たせた。

この日の戦闘は、筑紫部隊はほとんど無傷であり、大和部隊も矢による負傷者が百人程度に留まったが、葛子のねらいどおり心理的効果は大きかった。

これ以降、大和部隊は臨戦態勢をとった。葛子は、さらに追い打ちをかけた。徒歩部隊三千人に太鼓を叩かせながら夜襲をかけさせたのである。

麁鹿火は、様子を見るために数日間、和議の遣いは送らなかった。その間、大和部隊は、連日の夜討ちに悩まされた。

十一月二十五日、麁鹿火は、再度和議の使者を筑紫本陣に送った。

大抜郷の割譲は取り下げ、筑紫郷と糟屋郷の割譲を和議の条件とした。再び交渉は決裂した。葛子は、冬を待つつもりであった。

麁鹿火は焦ってはいたが、これ以上和議の条件を下げようとは思わなかった。決定的な打撃を与えようと作戦を練った。決定的打撃を与えるためには、筑紫部隊を砦から出す以外にないので、八女郷を攻撃させることを思いついた。

葛子も対策を立てていた。麁鹿火が、平地部で決戦をするため、おとりに部隊を移動させると予想し、八女郷に通じる、高良山西方の峰上に土塁を築かせ、海人部隊四千人と女弓部隊四千人を配置していた。

十二月一日早朝、麁鹿火は、毛野に命じて一万人の部隊を南下させはじめた。

葛子は動かなかった。毛野の部隊は、高良山からの攻撃を予想しながらゆっくりと南下していると、やがて高い峰にさしかかり、弓部隊による一斉攻撃を受けた。

矢は音もなく前方より放たれた。

毛野は、前方が混乱しているのを見て最初何が起こったかわからなかったが、矢の攻撃を知ると、総攻撃を命じた。ほぼ同時に峰を越えて、筑紫海人部隊が応戦してきた。

この時を狙って、葛子は騎馬四千騎を一斉に繰り出し、毛野部隊の側面を突かせた。包囲されるとみた毛野は、全軍に退却を命じた。

この戦で大和部隊は、百人の兵士を失い、三千人の負傷者を出した。

麁鹿火は、八女郷にも防衛線が敷かれていると知り、これ以降、戦は行わなかった。

何度かの交渉が持たれた。

十二月七日、糟屋の港を大和王権に渡し、それ以外の筑紫支配地は安堵するという条件で、和議は成立した。

和議には、裏で的臣橘田《いくはのおみたちばんだ》が果たした役割もあった。橘田は、磐井を豊国まで送り、分かれる際に磐井より「私の大王引退を和議の条件にせよ」との命を受けていた。このため、鹿野を通じて密かに交渉し、磐井を引退させることにして麁鹿火の面子を立てたのであった。

大和部隊は筑紫を去った。

葛子は、磐井の意志を受け継ぎ、民を大切にする政を続けた。

筑紫一族は、その後も数代に渡って八女郷を中心に力を保ち、この地方を支配した。

しかし、大和王権の半島政策は、磐井が警鐘を鳴らしていたように失敗を重ねていった。

近江毛野は、その後半島に派遣されるも外交に失敗し、伽耶諸国の反感を招き、生きて大和に帰ることはなかった。

栄華を誇った大伴金村も、新羅討伐に慎重な態度をとる物部尾輿《もののべのおこし》らに伽耶の四カ国を百済に割譲したことを弾劾され失脚した。

その後も大和王権は、百済に利用され続け、ついに伽耶諸国はすべて滅亡した。大和王権は、磐井との戦いの三十数年後の五六二年、半島における足場をすべて失ったが、半島政策は、その後も変わらず、多くの将兵の命が失われた。

大和朝廷は、磐井との戦から、一三五年経った六六三年、白村江の戦いの敗戦により、ようやく政策変更をするに至ったのである。

「筑紫の磐井」関連年表

西暦	日本	半島・中国
三九一	倭、百済・新羅軍を破り、高句麗と戦う	
四一七		新羅、訥祇王即位
四五四	**隈井の新羅留学**	
四五六	雄略天皇即位	
四五八		新羅、慈悲王即位
四六〇	**磐井の誕生**	
四六三	吉備王国、吉備前津屋一族誅殺 吉備王国、吉備上道田狭の反乱	
四六四？	倭、新羅を攻撃する	
四六五？	倭、新羅を攻撃するも失敗	
四七五		高句麗、百済の漢城を攻撃し、蓋鹵王殺害 百済、熊津に遷都、文周王擁立
四七六	**隼人の肥国侵攻**	
四七七	**葛子の誕生**	
四七八		倭王武の宋順帝への上表文
四七九	**磐井の大和留学**　星川皇子殺害 吉備上道尾代、山部を没収される	新羅、炤知王即位
四八〇	清寧天皇即位	
四八五	顕宗天皇即位	
四八八	仁賢天皇即位	
四九八	武烈天皇即位	

五〇〇		新羅、智証王即位
五〇一	**磐井、筑紫君襲名**	
五〇七	**岩戸山古墳の築造開始**　継体天皇擁立	
五一二	大伴金村、百済へ伽耶四国の編入を承認	
五一三		百済、己汶・帯沙割譲要求
五一四		新羅、法興王即位
五一五	**筑紫連合王国、伽耶へ出兵**	
五一八	**岩戸山古墳完成**	
五二六	継体天皇大和入り	
五二七	継体磐井戦争勃発	
五二八	**千歳川の戦い** 戦争終結	
五三一	継体天皇没す	
五三二		新羅、金官伽耶を併合する
五五一		百済、高句麗より漢城周辺奪回
五五二		新羅、百済より漢城周辺を奪う
五五四		百済、新羅に敗れ、聖明王戦死
五六二	大和王権、半島の拠点を失う（任那の滅亡）	
五八九		隋、中国統一
六一八		隋滅亡、唐建国
六六三	白村江の戦い	
六七一	白村江の捕虜送還（筑紫君薩夜麻ら四名）	
六九〇	大伴部博麻の帰還	

あとがき

昨年（二〇〇七年）五月より縁あって、私は岩戸山歴史資料館に勤務することになった。岩戸山歴史資料館は、古代の英傑磐井が精魂を傾けて築造した岩戸山古墳出土の石人・石馬等々の石像物を中心に八女古墳群出土の遺物を展示している。

私は、高校社会科の教諭として三十年間教鞭をとっていたが、専門が地理であったこともあって、磐井を日本史の授業で扱う機会はあっても、少しだけ磐井をひいきめに解説するだけで、教科書の記述以上に深く追うことはなかった。しかし、資料館に勤務するようになり、岩戸山古墳をはじめ人形原・長い峰と呼ばれた八女丘陵上の古墳群をより深く学んでみると、あらためて磐井の偉大さがわかってきた。そして岩戸山古墳および歴史資料館の存在を広く多くの方々に知っていただきたいと考えるようになった。

そこで、学芸員でもなく門外漢ではあるが、私なりに『古事記』『日本書紀』『風土記』『三国史記』などの各種の文献から継体・磐井戦争の真相、当時の半島情勢などを読み解き、それを多くの方々に読んでいただくため、史実に合わせた小説とすることにした。

小説では、継体・磐井戦争の発端となった磐井による大和王権新羅遠征軍の阻止の真相、大和王権による百済への伽耶諸国（任那の四県）割譲の意味などを当時の半島情勢も参考にしながら検証し、磐井の実像に迫ることにした。人物名は、『日本書紀』などの文献に出ている名前以外は、極力その人物の出身地をあてた。

『筑後国風土記』逸文によれば、磐井は岩戸山古墳に衙頭という別区を造り、「解部」と呼ばれる行政官に見立てた石人を立て、裁判の様子を後世に残そうとしたとされる。このことから磐井はすでに法律をつくっていたのではないかとも考えられ、磐井の先進性をうかがうことができる。また、磐井は地理的にも近い半島情勢を大和王権以上に正しく把握しており、大和王権の百済一辺倒の半島政策とは相容れなかったと判断される。

館を訪れてくださる方々や「岩戸山古墳及び乗場古墳を守る会」に結集されておられる方々の大半が、磐井を反逆者とする見方には疑問を持たれている。

この小説を通して、進取の気性にとんだ英傑磐井を正しく理解しいただければと思う。

八女地方は歴史の宝庫である。古墳以外にも矢部村の八女津姫神社、北川内公園にある大伴部博麻の墓、南北朝期の争乱の痕跡を残す大杣神社・五条家、星野村大円寺、戦国期の争乱の舞台となった猫尾城・犬尾城、有馬・立花藩の水争いの歴史を残す矢部川の井堰群、矢部川支流に数多く残る眼鏡橋、八女白壁の町並み、福島燈籠人形など数多くの歴史遺産がある。

この小説が縁となって、多くの方々に八女を訪れていただければ幸いである。

また、この小説を書いてゆく過程で、多くの方々の助言をいただいたが、全く面識のなかった方との出会いもあった。

磐井の命日とされる十一月十一日に、毎年岩戸山古墳を訪れておられる新泉社の石垣雅設さんには、二割程度しか完成していなかった小説の原稿を読んでいただいたのがきっかけで、出版まで応援していただくことになった。

フランス・サロン・ドトンヌ会員、青沼茜雲先生とも面識になり、先生が若い頃より情熱的に磐井を描かれていることも知った。そして今回、表紙とカットの絵をご提供いただくことになった。

お二人とともにお世話になった多くの方々に感謝申し上げる。

平成二十年十月

太郎良盛幸

著者紹介

太郎良盛幸（たろうら・もりゆき）

1945年、福岡県八女郡矢部村生まれ、八女市在住
1968年、熊本大学教育学部社会科卒業
1968〜1999年、福岡県立浮羽東・八女・久留米農芸（久留米筑水）・黒木高等学校社会科教諭
1999〜2006年、福岡県立福島高等学校定時制・黒木・三池工業高等学校教頭・校長
2006年、福岡県立三池工業高等学校退職
2007〜2009年、岩戸山歴史資料館館長
2009年より日本経済大学教授
著作　「八女電照菊の産地形成」『福岡県の農業』（光文館）、『角川地名大辞典40福岡』（角川書店）・『福岡県百科事典』（西日本新聞社）に一部執筆、『九州の南朝』（新泉社）

装画・挿絵

青沼茜雲（あおぬま・せいうん）

1935年、福岡県久留米市生まれ、アトリエを八女郡広川町におく
フランス・サロン・ドトンヌ会員、ノルウェーノーベル財団認定作家、世界芸術遺産認定作家、日展所属。1992年の国際芸術文化賞受賞をはじめとし、21世紀芸術宝冠賞、フランス・美の革命展グランプリ、ニューヨーク芸術大賞など数多くの賞を受賞。
2012年1月、フランス芸術最高勲章受賞。6月、イギリスロンドンオリンピック記念展金賞受賞。

図版制作：松澤利絵

筑紫の磐井

2008年11月11日　第1版第1刷発行
2013年 1 月11日　第1版第2刷発行

著　者＝太郎良盛幸

発　行＝株式会社　新 泉 社
東京都文京区本郷 2-5-12
振替・00170-4-160936番　TEL 03(3815)1662／FAX 03(3815)1422
印刷／三秀舎　製本／榎本製本

ISBN978-4-7877-0819-9　C1021

九州の南朝

太郎良盛幸・佐藤一則著　四六判上製・二九四ページ・二〇〇〇円＋税

南北朝時代、後醍醐天皇の命を受け、幼くして征西大将軍として九州へ赴き、大宰府に南朝征西府を開いた懐良親王。その後を託された後村上天皇の皇子、良成親王。九州を平定し、南朝の再興を願った二人の皇子と、ともに戦った武将たちの苦難の日々を描く。

◎目次